講談社文庫

「ファミリーラブストーリー」

樋口卓治

講談社

目次

「ファミリーラブストーリー」

はこの人だ。

子どもが乳飲《ちの》み子の頃、ワープロの前でしばらくの間腕組みをしていると、妻は呆《あき》れ顔で「暇なら子守くらい手伝ってよ」と言った。その言葉に、「こうやって黙ってるのも仕事なんだよ」と言い返した。

そのうち妻は何も言わなくなり、女手ひとつで子どもたちを育てあげた。隆介がしたことといえば、妻の奮闘ぶりをドラマに書いたこと。時々、父親や夫づらしたことくらいだ。

妻とは学生時代、バイト先のビストロで知り合った。

卒業後、隆介はシナリオコンクールに入賞して脚本家の端くれとなり、妻は都市銀行に就職した。二年勤めた頃、名古屋に住む妻の母に健康診断で子宮頸《けい》がんが見つかった。

「母が生きているうちに花嫁姿を見せてあげたい」という妻の一言で隆介は結婚を決めた。妻は結婚を機に家庭に入った。結婚して二十三年になるが、義母は今も元気に生きている。

実家に挨拶《あいさつ》に行った時、床の間を背にして待っていたのは妻の祖父だった。

母子家庭で育った妻の父親代わりは九十歳になる祖父だ。祖父は味噌カツをペロリと平らげ言った。

「男は嫁を働きに出させちゃいかんがね。それさえ約束してくれりゃあいいんだがね」

その祖父は娘が生まれた年に大往生で逝った。それから隆介は今日までなんとか祖父との約束を守っている。

「会社が倒産した夫に妻がかける言葉でしょ」

「そう。なんて言う?」

「おかえりなさい、かな」

「だよね」

母親に褒められたときのような嬉しさがこみあげた。

今日はこれくらいにして一杯やろう。

パソコンを終了し、「で、そっちの話って何?」と本棚のウイスキーに一瞥《いちべつ》を投げながら聞くと、妻が言った。

「ワタシトリコンシテクダサイ」

私と離婚してください、と聞こえた。反射的に妻の顔を見た。

今日子は優しい笑みをたたえている。

あまりにも突然の出来事で、心がしびれて感情が動かない。うちはそんなこととは無縁だったはずだ。なのに目の前にいる妻は「離婚」という言葉を口にした。

言葉の意味はわかるが、真意がわからない。

ドラマではこんなときどんな台詞を吐くんだっけ。

何も思い浮かばない。

妻は頷《うなず》いて「やっと決心できたんだ」と言った。

「決めたって何を？」

「離婚するってことを」

「理由はなんだ？」震える声を抑えて言う。

「今度、ゆっくり話す」

「今言えよ。理由を言わないって、どういう了見なんだよ」

妻は落ち着いて「だって今はそれどころじゃないでしょ。締め切りあるんでしょ」と諭《さと》すように言う。

「じゃあこんなタイミングで言うなよ。こっちは仕事をしてるんだ、急にペースを乱すようなことをするなよ」離婚の理由を聞くと仕事が手につかない気がした。

「あなたのタイミングを待っていたら一生言えないじゃない」

今、あなたって言った。

「今のドラマがひと段落したらすぐに次のドラマに取り掛かるでしょ」

妻は隆介がいつもドラマにかかりきりだったと言いたいのだ。

隆介は机をバンと叩いてそっぽを向いた。妻はおやすみなさいと言って部屋を出ていった。

無意識にパソコンを立ち上げる。起動音の余韻の中で机を叩いたことを後悔した。ぼんやりした心持ちで脚本の文字を追う。

ドラマの中の夫婦は支え合っていた。

2　妻が結婚指輪をしていない

桜テレビ、ドラマ制作局の窓という窓に閃光《せんこう》が走った。続いて赤、青、緑と様々な色が激しく点滅する。プロデューサーの関浩二《せきこうじ》が脚本を捲《めく》る手を止めてぼやいた。

「気が散るな、このチカチカなんとかならないのか」

先週から夕方六時になると桜テレビの社屋でプロジェクションマッピングとやらが始まった。外では歓声が上がっているが、建物の中にいるとただチカチカと点滅をしているだけで、何が起こっているのかまったくわからない。場末の旅館の窓から眺める歓楽街のネオンのようだ。

あと一ヵ月もすればクリスマスだ。街はイルミネーションが輝き華やいでいるが、十八階にあるA会議室で、クリスマスも正月も飛び越えて、春から始まるドラマの脚本打ち合わせ、通称〝本打ち〟が行われていた。

冬に夏のドラマを書き、春に秋のドラマを書き、夏に冬のドラマを書いている。時差ぼけならぬ季節ぼけを繰り返す生活が三十年も続いている。

いつの日か季節を感じられる生活をしたい。春の景色を眺めているうちに気がついたら夏になっているような、雨だれの音をBGMに読書するような、のんびりとした日々を送ってみたい、と思いながら五十歳を過ぎていた。

隆介はこのドラマを書き上げたら少しいとまを願おうと思っていた。その矢先、離婚を切り出された。

夫婦の絆を描いたドラマなのに脚本家は離婚を迫られているのだ。

プリントアウトされた表紙には『ファミリア』と書かれてある。桜テレビ開局六十周年記念ドラマのタイトルだ。

今回のドラマは隆介が駆け出しの頃に書いた企画書が元になっていた。当時、アシスタントディレクターだった関が温めていたのだ。隆介はプロデューサーが関であることを条件に脚本を引き受けた。

関はコネ入社だ。旧財閥系の御曹司でプロデューサーの他にファッションブランドの役員をしている。しかも、五十を過ぎて結婚経験のない、生粋の独身貴族だ。

関はこのドラマで起死回生を狙っていた。

ラブストーリーを得意とするプロデューサーだった関は、かつてプロデュースする度に高視聴率を取り、俳優たちが注目され、主題歌も売れ、社会現象となる栄光の時代があった。しかし、時代の流れで視聴者はこういった恋愛モノに食指を動かさなくなっていった。

年に一本の割合で関はラブストーリーを作ったが、それはことごとく外れた。

「まったく、今のドラマには刑事と医者しかいないよ」隆介は酔っ払った関に呼び出され愚痴に付き合わされた。締め切り間際の忙しい最中にもだ。

場所は決まって隆介の仕事場の近くにあるバーだった。

カプセルホテル一泊分の値段がするシングルモルトをストレートで舐めながら、「いいよな、野田は、いい嫁がいてさ。オプションで息子と娘まですくすく育ちやがって。それでもってあんな泣けるドラマまで書きやがって、それに引き換え、俺はさ」と絡んできた。あるときは、結婚もしてない、あるときは、ドラマも当たってないと、愚痴の内容を変えてくだを巻いた。

隆介は夜な夜な飲んでいられる関の方が羨ましく思えた。ひとしきり愚痴に付き合った後、隆介は関をタクシーに押し込めて、帰宅して机に向かう。そんなことも少なくなかった。

今回、この企画が通ってから関は活き活きしていた。関はバー通いを止め、その代わりに打ち合わせをした。愚痴ではなく「最高のキャストを用意してやる」が口癖になった。

ある日、関から朗報が届いた。

「夫婦役が決まったぞ。いいか聞いて驚くな、井上勇路《いのうえゆうじ》と古手川《こてがわ》聖子《せいこ》がやってくれる」電話口からでも唾《つばき》が飛び散るのがわかるほどの興奮ぶりだった。

二人は今をときめく俳優だが、売れたのは、関が恋人役でドラマに起用したのがきっかけだ。かつての恋人役が今度は夫婦役で共演するとあって、編成局はこの企画を六十周年記念ドラマに昇格させた。

一つ歯車が嚙み合うと話が面白いようにうまく進む。

夜中に関が電話をかけてきた。耳をつんざく爆音の中から関の声がかすかに聞こえた。時折聞き取れる単語の断片をつなぎ合わせると、主題歌がワイルドフォックスというバンドに決まったらしい。

書き下ろしで曲を作ってくれるんだぞ、と叫んでいる。ワイルドフォックスは若者に人気のバンドで、関はライブに足繁く通い、今さっき口説き落としたという。

「決め手はヴォーカルの濱埜銃一《はまのじゆういち》が野田ドラマのファンだったことだ」

隆介は、関の代表作になるようなドラマを書き上げなくてはと思った。

関は「奴らのいかしたサウンドを聴け！」と叫んだが、受話器からは音の割れた狂騒しか聞こえてこなかった。

ページを捲る手はゆっくりと放物線を描き、読まれた紙は隣に積まれてゆく。

隆介はパソコンをいじるふりをしながら目の前のプロデューサーと監督が脚本を黙

読するのを見ていた。

関が一瞬にやりとした。その緩んだ口元を見て脚本家は安心する。さっき読んだはずのページに戻ると不安になる。紙を捲る音と咳払《せきばら》いくらいしかしない静寂の中で、脚本を読まれるこの儀式は、どこか判決を待っている被告人のような気分だ。

脚本を読み終えた関は目を閉じて腕組みした。

アシスタントプロデューサーの古瀬《ふるせ》がコーヒーを煎茶に差し替えたところで関は口を開いた。

「物凄くいいと思う」脚本を机でトントンと揃えながら言った。

大堤《おおつつみ》は「ラストの『おかえりなさい』って台詞がいいですね」と賛同した。

「わたしも、そこ感動しちゃいました」と古瀬も言った。

「この夫婦はどんな困難も乗り越えられる。そんなドラマだと確信した」関のその言葉で一話目のオーケーが出た。

隆介は心のうちでホッとした。安堵の顔を悟られないように「次の打ち合わせをいつにしようか」と手帳を開く。

いつの間にかプロジェクションマッピングも終わっていた。

本打ちの空気が緩んだところで、「大堤さんは奥様にサプライズとかするんですか」と古瀬が大堤に聞いた。

「するわけねぇべ」大堤は飲もうとした煎茶を口の手前で止めて言う。

「ドラマの監督って、奥様へのサプライズも凝るんだと思ってました」

「そんな暇があったら、ロケハンしたり、カメラ割りしたりしてるよ。古瀬も覚悟しとけよ、今年は年末年始ないからな」

「わかってまーす」古瀬は右手を挙げ返事した。

ドラマの中の夫婦は夫・一郎、妻・ともえ。夫婦で十坪ほどの居酒屋から身を起こし、働き者の夫を妻が支えていた。

プラザ合意以降、国が金融緩和を打ち出したタイミングで、一郎は勝負に出た。銀行からの融資を元にハワイアンレストランを都内の一等地で始めた。それが当たり、次々と支店を増やし、若き実業家として成り上がった。

いつしか居丈高に物を言う男になったが、ともえは陰で夫を支えた。

一郎は儲けた金で土地を買いあさった。当時、本業以外で資産を増やすことを『財テク』と呼び、世間は金の亡者たちをもてはやした。

しかし、それは長くは続かなかった。国の金融引き締めとともに、バブルははじけ、一郎は財産の全てを失った。暗澹たる思いの一郎に希望の光を射し続けたのは、ともえだった。

ドラマの舞台は中盤から、都会を離れ田舎に移り、夫婦の出直しが始まる。

実際に長野に民家と畑を借り、農作業をしながら撮影をする。その撮影が年明けから始まるのだ。

唐突に古瀬が言った。

「わたし、野田さんのサプライズの話、大好きなんです」

席を立とうとしていた関がその言葉に座った。

「奥様にクリスマスプレゼントを贈った話。関さん、知りません？」

「どんな話だ？　野田らしいオチがあるんだろ」

「あります」得意げに古瀬が言う。

「車のトランクにプレゼントを入れて、奥様にサプライズをしたんだけど失敗するって話ですよ」

その話か。思い出話に引きずり込まれる前に帰ろうとしたが、「面白そうですね」と大堤も身を乗り出す。

あれはクリスマスイブの夜のことだ。帰宅して隆介はパジャマに着替え、妻に車のトランクに忘れ物をしたので取ってきてほしいと言った。

妻は駐車場にいき、トランクを開けるとクリスマスプレゼントがある――。という予定だったが、実際は上手くいかなかった。

まず忘れ物を取りに行くくだりで妻と口論になった。

「そんなこと私にふらないでよ。今、手が離せないのに」と妻はシチューの入った鍋を荒々しくかき混ぜた。

隆介が「いいから早く取りに行けよ」と喧嘩腰で言うと、妻はエプロンを脱ぎ捨て無言で出て行った。

数分後、大きな紙袋を持って帰ってきた。あからさまに不機嫌な顔で紙袋を隆介の前に突き出し「はい」とドスの利いた声で言った。それが自分へのプレゼントだと気づいていない。

その後、紙袋の中身がハンドバッグだとわかったが、一度ふてくされた手前、「カップルじゃあるまいし、普通に手渡せばいいじゃん」とサプライズに文句を言った。

その言葉にカチンときた隆介は書斎に閉じこもって一晩出てこなかったという話だ。

「翌朝の朝食が物凄く豪華だったんですよね」と古瀬は話を結んだ。

関の笑い顔を見て古瀬はしたり顔を見せた。

本打ち合わせでは、誰もが身を削って自分のエピソードを話す。少しでもドラマを面白くするためにだ。今のエピソードもかつて隆介がどこかの本打ちで話したものだった。

今度は大堤が乗ってきた。

「僕が好きなネタは、息子さんに彼女がいるらしいと奥さんが疑うネタ」

「ネタって言うなよ、お笑い芸人じゃないんだから」と赤面する隆介は放って置かれ、大堤が自分のことのように話し出した。

あれは息子が中一の頃のことだった。夜中、仕事がひと段落してキッチンでコーヒーを淹れていると背後に人影を感じた。妻だ。

「ど、どうした？」

「ねぇねぇ、雅治《まさはる》に彼女ができたらしいよ」ドアにもたれ掛かり不敵な笑みを浮かべ言った。

「ほんとかよ、どんな子？」

「同じクラスの子。どうも最近、メールでやりとりしているみたいなんだよね」

妻はにやりと笑い「探ってみる？」と言った。

隆介はコーヒーをすすりながら「いいっすね」と言い、二人は息子の部屋に忍び足で潜入した。息子は口を大きく開けて熟睡している。妻が隆介の肩をトントンと叩き、指を差す。指先の方向に携帯電話があった。

この中に彼女とのメールのやりとりがあるのだ。携帯電話にはロックがかかっていた。

「あの野郎、ロックなんてしやがって」

これは隆介が言ったのではなく妻が思わず吐いた言葉だ。

ロックは指紋認証タイプのものだった。息子と彼女のやりとりを覗《のぞ》き見したい。そう思ったが「やっぱり個人情報だからこの先は」と言いかけたところで妻が小声で言った。

「雅治が自分で携帯代を払うまでは、親に携帯を見る権利があると思わない？」

隆介は手下のように頷いた。妻と連係プレーで息子の人差し指を携帯電話に近づけた。

ロック解除！　隆介と妻は青白く発光する画面を覗き込んだ。そこには幼い恋人たちのやりとりがあった。

「今日は一緒に帰れなくてごめんなさい、だって」

「『綾《あや》って呼んでほしいな』『下の名前で呼び合うのは照れるよ』だって」夫婦は笑いをこらえるのに必死だった。口を開けて寝ている息子がいっぱしに恋を育んでいる。

「綾って名前なんだ。よし今度言ってみよう」

「それはダメ。雅治が傷つくでしょ。そんなことしたら許さないからね」と妻が目をむいて言った。

「わ、わかった」

そんな話です。と大堤は笑いながら言った。

「雅治君、よく起きなかったですね。それにしても奥様、ぶっ飛んでるなあ」と古瀬が言い、「実は野田作品の功労者は奥さんじゃないかと俺は踏んでるんだ」と関が言う。

「自分もそう思います」と大堤も同調した。

「奥様って野田さんにとってどんな存在なんですか？」

「うちの話はもういいよ……」と隆介が立ち上がると関が「前にこいつ、妻は自分にとって下着のような存在だって言ったんだぜ」と本人も忘れていたようなエピソードを引っ張り出してきた。

「どういう意味ですか？」

「気がつかないくらい自然といつもそばにいるってことだろ」

「なんだ。面白いエピソードがあるんだと思ったのに」と古瀬はつまらなそうな顔をした。

　もうひと盛り上がりしたかったのだろうが不発に終わったところで、隆介は帰り支度を始めた。カバンのチャックを閉めようと立ち上がると、関が「奥さん、お元気か？」と言ってきた。

「うん、まあ」目を合わせずにこたえた。

「今回も、ドラマにエピソードがたくさん出てくるんだろうな」という言葉に背を向けて会議室を出ようとすると、古瀬が「明日の制作発表会の時間と場所です」とA4

の紙を渡してきた。

「六十周年記念ドラマですので結構取材が入ります。野田さんもよろしくお願いしますね」

「何が？」

「制作発表に出ていただく件です」初耳だ。

「古瀬、お伝えしてないのか？」と関が慌てる。

「いえ、秘書の丸山《まるやま》さんにご快諾いただきましたけど」

あの野郎、本人に何で言わないんだ。「どうしても出なくちゃだめ？」と関に猫なで声で聞いてみた。

「桜テレビが社運をかけた制作発表会なんだから、絶対に出てくれ」と関は黒縁メガネのレンズをシルクの布で磨きながら言い、「何か記者に聞かれちゃまずいことでもあったら別だけどな」とメガネをかけながら付け加えた。その言葉に隆介はピクリとした。

ホームドラマ制作発表会で脚本家が妻に離婚を迫られていることがバレるのはまずい。隆介はとぼけた口調で「まあ、記者に何か聞かれたらうまく答えておくよ」と言ったが誰も返事をしない。みんなは窓の外ではじまったアイドルイベントを眺めていた。

最近、めっきり朝が冷える。隆介はガウンを羽織り二の腕をこすりながら暖房を入れ、コーヒーメーカーのスイッチをオンにする。

隆介はリビングを見回した。この家に離婚の気配は感じられない。ドラマで幸せな家庭を再現したらこんなセットになるんじゃないかと思うくらい生活感にあふれている。

コーヒーを淹れながらそんなことを思っていると妻が起きてきた。

妻は、朝刊を小脇に挟み一つあくびをすると「おはようございます」と頭を下げた。

妻が敬語だ。

朝一番先に起きて家族が起きてくると顔の近くまで来て「おはよう」と言うのが妻だ。時間になっても起きてこないと救助隊のように何度も身体を揺するのが妻のはずだ。

隆介に朝刊を差し出すと、妻は指を絡ませた両手をあげ大きく背伸びした後、「よし」と気合のようなものを入れ、床に寝転んで腹筋運動を始めた。

「何してんの？」

妻は上体を起こしながら苦しそうな声で「ダイエット」と言った。十回やったあたりで息が上がり音《ね》も上げた。「もうだめ……、あー、体力もなくなってる」と大の字になる。

その後、妻は朝食の用意を始めた。隆介は朝刊の隙間から様子を窺《うかが》った。ハツラツとしているように見える。

あっという間に食卓に朝食が並んだ。

味噌汁をすする隆介の背中に「制作発表会で挨拶するんでしょ。頑張ってね」その言葉に、わかめをすくい上げた箸が止まった。

「なんで知っているんだ？」

「丸山さんが教えてくれたの」

「あいつ、なんで本人には言わず、今日子には話しているんだよ」

「隆介に前もって言うと、なんだかんだ文句言うからでしょ。だったらギリギリに言う方がストレスにならないいじゃない」

「そんなこと丸山が言ったのか」

「わたしが伝授してあげたの」とうそぶく。

昨晩、丸山から電話があった。事前に報告しなかったことのお詫《わ》びと記者会見の段取りを告げられた。きっと妻の助言があったのだ。

「着ていく洋服、寝室にかけてあるから」そう言うと妻はリビングから出て行った。

まだ、そういう気遣いはあるのか。制作発表で挨拶することも知っているし、朝食だってこんなに美味しい。

もしかして離婚を切り出したことを後悔しているのか。離婚という言葉をちらつかせることで夫の反応を試そうとしたのかもしれない。

ここのところ執筆に追われっぱなしだった。何か妻を怒らせたのではないかと、記憶の糸を手繰ってみる。そうか、妻には今回のドラマのことをあまり話していなかった。それで拗《す》ねてみたのか。そう思うと合点がいった。食欲も湧いてきた。箸でご飯を多めにすくい口に運ぶ。そうだ、有明海産《ありあけかい》の海苔《のり》があったはずだ。茶碗と箸を持ったままウロウロしていると、妻がリビングに戻ってきた。

「じゃあ出掛けてきますね」と言いながらコートを羽織った。

まだ午前中なのに。どこに？　そんな言葉もかけられないまま妻を目で追う。妻が髪をかき上げたとき、隆介は目を疑った。

妻が結婚指輪をしていない。

桜テレビきっての人気女子アナ長野《ながの》桜子《さくらこ》は、真っ赤なドレス姿でステージにいた。自前なのだそうだ。長野は大御所俳優の愛娘《まなむすめ》だ。自分自身の言葉で世界情勢を伝えたいという理由で桜テレビのアナウンサーになったが、入社以来バラエティ畑で可憐な花を咲かせ続けている。

第四スタジオのステージ中央に並べられたテーブルには、出演者、プロデューサー、監督、脚本家と張り紙が貼られている。役者たちが現れると一斉にフラッシュが光った。

長野は詰めかけた記者たちに深々と一礼した後、自慢の透き通った声でドラマ制作発表会の進行を始めた。

「只今より、桜テレビ開局六十周年記念ドラマ『ファミリア』の制作発表会を行います」

長野が最初にマイクを向けたのは夫・岩城《いわき》一郎《いちろう》役の井上勇路だった。井上は自分より数段派手な長野の衣装を褒めてから挨拶をした。

次に長野は妻・ともえ役の古手川聖子を紹介した。夫婦役の二人は久しぶりにプロデューサーの関と仕事ができることを喜び、隆介の脚本を絶賛した。古手川に至っては「役作りのために是非、奥様にお会いしたいです」と言った。

長野はそのコメントに反応し「野田先生、今回の脚本はもう奥様は読まれたんですか?」とアドリブを入れてきた。スタッフから素早くマイクが渡る。何か話そうとしたが、咳《せ》き込んでしまった。

すかさず長野は「ある雑誌のインタビューで、いつも最初に脚本を読むのは奥様だっておっしゃっていましたよね」と笑顔でフォローをしたが、それは他の脚本家のエピソードだ。否定するのもなんなので咳払いした後「多分、読んだんじゃないかな？　そうだ今朝起きたら、妻がリビングで読んでました」と言ってしまった。

「いつもは感想など言わないけれど、今回は特に気に入ってくれているようです」と勝手に口は喋っていた。人は嘘をつくとき言葉数が多くなるというのは本当だった。

目の前の記者がメモを取っている。それを見て思わず腰が浮いてしまう。

長野は「まあ、素敵なお話……」と目を丸くして言い、「続きまして、弊社プロデューサーの関浩二より本日お越しの皆様にご挨拶をさせていただきます」と流れるような進行をした。

関はマイクを受け取り、立ち上がるとパナマ帽をテーブルに置き軽く一礼した。レンズの色が薄いサングラスをかけ、どの役者よりも派手なチェック柄のジャケットを羽織っていた。隆介はミネラルウォーターに手を伸ばしたとき中央の古手川と目があった。こちらを見て、やれやれという顔をしている。

関は見た目の怪しさに反して、ドラマの見所を丁寧に話した。記者たちが記事にしやすいように五十文字、百文字、四百文字と文字数ごとの内容紹介も用意していた。

最後はこんな言葉で締めた。

「私がこの年になっても結婚しないのはですね、野田作品に登場する夫婦、家族が素晴らしいからなんです。野田作品に触れているだけで幸せな家族と一緒にいられる気分になれる。本作は私のような独身の方にも楽しんでもらいたいです。どうぞドラマをよろしくお願いします」関はパナマ帽を冠《かぶ》って一礼し、監督の大堤にマイクを渡した。

大堤は関とは見た目も性格も正反対で、誠実が服を着たような男だ。今日も紺のギンガムチェックのシャツに紺の丸首セーターを着て、その上に紺のブレザーを羽織っている。隆介より一回り下で、入社以来ドラマ部で腕を磨いてきた。

「僕は結婚して三年になるんですが、今回、野田作品を演出できることを妻が一番喜んでくれています。最高に楽しみです」

「結婚しようと思うんです」とバーで赤い顔をした大堤が言ったのは三年前の夏のことだった。高校の同級生と再会を果たし、交際を始めた。そして隆介が書いたドラマがきっかけで結婚に踏み切ったらしい。

そのドラマも家族の話だった。

ドラマの打ち上げのとき、大堤に仲人を頼まれた。隆介は柄じゃないと断ったが、後日、そんな依頼があったと妻に話すと、意外にも乗り気だった。今思えば気軽に引き受けておけば良かったな、と大堤の挨拶を聞きながら後悔した。

みんなは一様に今回のドラマ『ファミリア』について思いの丈《たけ》を語った。その度に、夫婦愛という言葉が出る。隆介もその度に心が痛くなった。

最後は隆介だった。言葉少なめに挨拶を済ませた。その直後、記者たちが挙手をして発言を求めた。

「今度はどんな夫婦愛なんですか？」

「野田さん自身はどんなご夫婦なんですか？」

隆介がタレントならマネージャーが「プライベートな質問はご遠慮ください」と矢面《やおもて》に立ってくれるが、生憎、脚本家だ。

受け答えしていると、「それではお時間となりましたので」と長野が助け舟を出してくれた。やっと解放されると胸を撫《な》で下ろしたが「最後に質問がある方？」と長野は辺りを見回している。こいつはアホか。

頼む誰も質問しないでくれ、と会場中に念を送ったが、手を挙げているもう一人のアホがいた。

「エンタメジャーナルの中野《なかの》です」

中野と名乗った男は学生の頃から野田作品の熱心なファンであることを告げて、今回のドラマに対しての期待を語った。なんだまともな質問か、と胸を撫で下ろしたが、次の瞬間、耳を疑った。

「野田さん、仲人を引き受けてくれませんか？」

今なんつった？

プライベートな質問どころか、プライベートなお願いをしてきた。なんてことだ。

隆介は関に、なんとかしてくれという顔をしたら、関はウインクを返してきた。

「思わぬハプニングですね」

長野もバラエティアナの血が騒いだのか、盛り上げる気満々だ。

「野田さん、いかがでしょう、ズバリ！　仲人を引き受けますか？」

絶対にそんな話、引き受けない。もうすぐ仲を取り持つ妻がいなくなるんだ。

「はい。わかりました引き受けましょう」人格を宇宙人に乗っ取られた。途端、会場中に割れんばかりの拍手が鳴り響いた。

大変なことを易々《やすやす》と引き受けてしまった。そんな自分が嫌でたまらない。

隆介は舞台袖に引っ込むと真っ先に主演の二人に頭を下げた。

「本当に申し訳ない。制作発表会を台無しにしてしまって」

子どもの頃から隆介は、自分が注目されると申し訳ない気持ちになってしまう。むしろ自意識過剰なのではないかと思うくらい気にしてしまう性分だった。

「いえいえ、いい制作発表でした」と夫・一郎役の井上は言った。

「野田さんと奥様が仲人する姿、わたしも見たいです」と妻・ともえ役の古手川は笑う。

いやいや滅相《めっそう》もない、と顔の前で手を振って恐縮する。

「わたしが披露宴の司会しましょうか」と長野が横から口を挟む。

隆介が顔を引きつらせながら笑っていると、関がつかつかと近寄ってきて耳元で囁《ささや》いた。

「仲人の話、俺が仕込んだんだ」

今なんつった？

「制作発表会を盛り上げようと思ってさ、実はな、あの中野って記者と結婚する女性が今度のスポンサーのご令嬢なんだよ」

隆介は何かで脳天を殴られたかのような衝撃を受け、後ろへ倒れそうになった。

役者たちを見送った後、分煙ルームで隆介と関はタバコをくゆらせていた。隆介はガラス越しに行き交う人を眺めていた。

制作発表の行われたスタジオに大型の台車が何台も入っていく。建てこみが始まったのだ。台車に積まれたセットから推測する。きっと時代劇だろう。隣のスタジオでは、アシスタントディレクターらしき若者がさっきから忙しそうに出入りしている。バラエティ番組の収録が行われているようだ。

火の付いていないタバコをくわえ歩いて来たのは時代劇のプロデューサーだ。関の姿を発見すると踵《きびす》を返して来た道を戻った。

隆介は、水の入った灰皿にタバコを落とした。ジューッという音がした。

「今日は突然、すまなかったな」関がそう言って頭を下げた。

「あんなハプニングはもうやめてくれよ」

「わかってる。でも、今回のドラマはどんな手を使っても当てたいんだ」

「だから、その気持ちはわかるけど、脚本家まで巻き込むなっていうの」

「ドラマが放送される直前に、もう一発、仕掛けようと思っているんだ」

「何を？」

関はタバコを吸い終えたそばから、もう一本取り出し火をつけた。

「ここだけの話にすると約束できるか？」関はポケットに手を突っ込み、くわえタバコで言った。隆介は人がこないことを確認して頷いた。

「実はな、ドラマが始まる頃、主役の二人が結婚を発表する」とタバコを挟んだ手で頭をかきながら言った。

「…………」隆介は声を上げそうになったが、反射的に手が口を押さえていた。

「十二年前、俺が起用したドラマであの二人は出会った。ドラマの途中で、写真週刊誌に交際をすっぱ抜かれたことあったろ」

その言葉で、深夜に密会している二人の写真を思い出した。ドラマが人気だったのと、トレンディ俳優同士の熱愛発覚とあって、こぞってワイドショーが取り上げた。それがきっかけでドラマは回を重ねる度に視聴率が上がり最終回は30%を超えた。

「もう時効だから言うが、あれも俺が仕掛けたんだ」

隆介は二の句が継げずにいた。

深呼吸をひとつして、声をひそめて、「……二人を売ったってことか」と聞いてみる。

関はそれに答えず、「あの頃、俺も若かったからな……」と薄く笑った。

「あの後、二人はすぐに別れた。ドラマが当たって人気俳優の仲間入りをしたわけだ。次から次へとオファーが殺到すれば恋愛どころじゃなくなるからな」

確かに、以来井上は恋愛ドラマには欠かせない役者になり、古手川も映画のヒロインが評価され個性派女優として羽ばたいた。

「今年の夏、焼け棒杭《ぼっくい》に火がついたらしい」

「それで今回、起用したのか」と思わず口をついて出た。

「それは違う」とかぶりを振り、「最初は、けんもほろろに断られたんだ。お互いの事務所が二人の交際を知っていて、本人たちにオファーが来たことを話さなかったんだ」

「どうしてキャスティングできたんだ?」

関はタバコを挟んだ手で隆介の顎《あご》をしゃくった。

「脚本家がお前だって、二人に伝えたんだ」

「…………」

「そしたら古手川から連絡があった。野田作品なら是非ともお受けしたいって。絶対に事務所を口説いてみせます、って言ってくれたよ。その代わり……最高の夫婦のドラマにしてください、って逆に頭を下げられた」

脚本家冥利《みようり》に尽きる言葉だったが、今の自分に夫婦のドラマは書けるのだろうか。溶けた蠟《ろう》のようなものが隆介の心を覆った。隆介はゆらゆらと立ち昇っていく煙を眺めていた。


桜テレビからの帰り道、何を見ても妻を思い出してしまった。カップルと擦れ違う度、笑顔の女性が妻に見えた。

ベビーカーを押す女性を見ると、ふと立ち止まり、子どもたちが幼かった頃を思い出す。

老夫婦を見ると、もうこんな年の重ね方はできないのだと虚《うつ》ろな気分になる。

真っ直ぐ帰る気になれず映画館に入った。無人の券売機の前に立ち、アクション映画のボタンを押した。

予告編で第二次世界大戦でナチスからユダヤ人を救った日本人の映画が流れた。外交官である主人公が妻に言う、「君は最後までわたしについてきてくれるか」。

妻は目に涙を浮かべ頷いた。主人公が成し遂げた歴史的な偉業よりも夫婦の絆が羨ましかった。

エベレストを目指す登山家の映画の予告では、自然の猛威にさらされ遭難寸前の主人公が衛星電話で妻と話すシーンが流れた。妻は涙ながらに「生きて帰って」と言うが、もしこんなとき離婚を切り出されたら、どうなってしまうのか。しかも３Ｄで。そんな映画、絶対に観たくない。

隆介は帰宅して書斎にこもり、脚本の続きにとりかかるが、書けない。すぐに離婚のことが頭の中を占めてしまうのと、さっきの関の話が余計にプレッシャーをかけた。

離婚を切り出されて、夫婦は永遠ではないことに気づいた。この先、ホームドラマなど書けるのだろうか。

3　危うく別れるとこだった

結局、昨日は一行も書けなかった。何も進んでいない。隆介は、南青山《みなみあおやま》にある仕事場に朝早く出掛けた。昼には丸山との打ち合わせもある。書斎は執筆用、仕事場は打ち合わせ用として使い分けた方がいいですよ、と丸山に言われて部屋を借りることにしたのだ。

仕事場の机に向かったが、数行書いただけで、手は止っていた。離婚を切り出されただけで夫婦のドラマが書けなくなる。なんて軟弱な脚本家なのだろう、と思いにふけっていたら目の前に丸山が立っていた。気がつくと昼になっていた。

打ち合わせは、新しいドラマの依頼だった。『ファミリア』を書き終えたら、長い休みをとろうと画策していたのに、よりによってウエディングプランナーが主人公の話がきた。

丸山は隆介が逡巡していることに気づくことなく、プロデューサーからの伝言を伝える。

早口で甲高い声が隆介の耳を素通りしていった。

「では、引き受けるということでいいですよね」と目も合わせずスケジュール帳に書き込もうとした。

「うーん」

「何迷っているんですか、もしかしてギャラ？　野田さんもそんな感じになっちゃったんですか」

「違うよ」と言い「丸山は仕事が来るのが当たり前だと思っている。そこを注意しようか迷ってたんだよ」。

「だって……」

「毎度、毎度、ドラマの依頼が来ると思ったら終わりだよ。いつまでも続くと思うな仕事と結婚生活」

「なんですかそれ？　サラリーマン川柳《せんりゅう》？」とのけぞって顔をしかめた。

「いいか、レストランでいうと丸山がホール担当で俺がキッチン担当。オーダーは目を見て元気に通した方が、みんなが気持ちよく仕事ができるだろ」

「わかりました」

丸山は目を見開いて「ドラマ一本入りまーす」と元気な声で言った。

「よろしい。でも、ちょっと考える」

「なんでだよ」すかさず突っ込まれた。

「わかったよ、やりますよ」

「ホールが元気にオーダーを通したら、『よろこんで！』って言わなきゃ」

それには応えないで隆介は、妻からメールが来てないかとスマホに目をやった。いつもドラマの制作発表があったら何か言ってくるのに。

「じゃあ、来週までに企画書を作っていただいて、そこから打ち合わせの日程を決めましょうね。聞いてます？」

「このウエディングプランナーって設定、なんとかならないかな」

「スポンサーが結婚サイトだからって何度も言いましたよね」と丸山は諭すように言う。

隆介は頬杖をつき、もう片方の手で机を小刻みに叩いた。

「それより野田さん、昨日送ったメール見ていただけました？」

「メールって？」小刻みに机を叩く手が止まった。

丸山は、あーもーっ、と天井に向かって叫びながら、ノートパソコンを開き、片手で操作して、隆介の顔の前に出した。

差出人　丸山茜《あかね》
件名　取材の依頼が来ています

宛先　野田隆介

おはようございます。昨日の記者会見お疲れさまです。新聞各紙、ネットでも評判いいようです。さて、執筆でお忙しいところ誠に申し訳ありませんが、取材のお仕事です。談英社の『クアトロガッツ』という女性ファッション誌です。若い女性層に大人気の雑誌です。取材内容は『ずばり野田隆介に訊く、夫婦円満ストーリー』くれぐれもよろしくお願いします。雨宮《あまみや》さんという美人編集者が取材を担当するのでリフレッシュになりますよ。


「絶対に無理！」

「なんでですか」

「ドラマ取材ならまだしも、なんで俺が夫婦円満について語らなきゃいけないんだ」

「そこをなんとか。以前もドラマの宣伝でお世話になったとこなんです。お願いします受けてください」と丸山は額をテーブルにつけ嘆願した。そして顔を上げずに「実はもう引き受けてしまいました」と言った。

「なんでだよ……」

十一月の最終週、隆介は談英社に続くゆるやかな登り坂を歩いていた。地下鉄に揺られながら台詞を考えていたが、何か思いつきそうになると離婚のことが頭をよぎる。そんなせめぎ合いをしているうちに駅を一つ乗り過ごしてしまった。隆介は初めて降りる駅の改札を出て、そのまま一駅歩くことにした。

柳が風に揺れるようにフラフラと歩いているとスマホが震えた。妻だ。見るとネットニュースだった。

『十二年ぶり井上&古手川今度は夫婦で共演』の下に『脚本家野田隆介の妻も太鼓判』と載っている。白い吐息を吐きながら隆介はつぶやいた。

せめて取材がもっと前だったらよかったのに……。

談英社の車寄せの前で女性が待っていた。隆介を発見して手を振った後、深々と頭をさげた。

雨宮草子《そうこ》ですと名乗った編集者は笑顔と指の美しい女性だった。笑うときに口元に手を添えた。その左手の薬指には指輪が光っている。

「野田さんの書くドラマの大ファンなんです。あの何気ない夫婦の会話が好きなんですよね。きっと奥様とのやりとりもこんな感じなのかなって勝手に想像してニヤニヤしているんですよ」と口元に手を添えた。

隆介は窓から日本庭園が見える応接室に通された。

「今度のドラマ楽しみにしてます。で、本日はそのことと言うよりは……」と取材の概要を伝え、ドラマも必ず宣伝しますからと言って、質問項目を差し出した。

——奥様との出会いについて

——ご夫婦の印象に残るエピソード

——夫婦円満の秘訣

——奥様に感謝の言葉

アレルギー反応の出る食材を使った料理のメニューを見ているようだ。

「奥様とは恋愛結婚ですか？」と雨宮が尋ねた。

隆介が顎を撫で回しながら「まあ」と渋々頷くと、横でカメラを構えた男が「今のいい表情！」と言ってシャッターを切った。

雨宮はＩＣレコーダーに向かって日付と時間を言うと「それでは、奥様との出会いについてお話しください」とテーブルに置いた。

ＩＣレコーダーの先端が赤く光っていた。その光をじっと見つめながら、ゆっくりとあの頃の思い出に吸い込まれていった。

妻とは大学時代にバイトをしていたビストロで出会った。店主が大のヤクルトファンで、神宮球場の近くに店があった。

この年、セ・リーグは阪神が全員一丸野球で快勝を重ね、首位を走っていた。リーグ優勝がかかった試合が、神宮球場で行われた。隆介は今日子に「もしヤクルトが勝ったら、付き合ってほしい」と条件付きで交際を申し込んだ。

普段はシャンソンが流れている店内にラジオ実況がこだました。

試合は同点のまま九回の裏を迎え、阪神の中西がヤクルトの角をピッチャーゴロに打ち取ったところで阪神の二十一年ぶりの優勝が決まった。思わず隆介はその場で頭を抱え立ちすくんだ。

店主が「我がスワローズは不滅だ」と隆介の肩を抱きなぐさめたあと、今日子が耳元で「引き分けだったから、付き合ってもいいよ」と囁いた。

神宮球場では吉田《よしだ》監督が胴上げされている頃、隆介も宙に舞うほど舞い上がっていた。

妻との出会いから交際までの話に雨宮は微笑んだ。

「それでは印象に残るエピソードがありましたらお願いします」

隆介は結婚式の話をした。

隆介と今日子の披露宴はある洋館の庭園で行われた。都内では珍しい大きなイングリッシュガーデンがあった。

「ガーデンウエディングじゃないですか」雨宮は目を輝かせた。

「五月だったから芝生がとてもきれいで」

「素敵、新緑の息吹《いぶき》ですね。奥様のご希望ですか？」

隆介はかぶりを振った。駆け出しの脚本家には披露宴を挙げる蓄《たくわ》えもなかった。この場所を提供してくれたのは関だった。もう時効だからと隆介は話を続けた。

当時、関はサスペンスドラマのアシスタントディレクターをしていて、たまたま、ある金持ちの披露宴で花嫁の父親が殺害されるというシーンがあった。そこで関は撮影前の数時間を披露宴に使わせてくれたのだ。

そういうことなので披露宴に必要なものはすべてスタンバイされていた。

朝から、両家の親族や友人たちが集まり披露宴がおこなわれた。目に青葉が眩しかった。

元バイト先のビストロの店主が格安で料理を引き受けてくれ、庭園にブッフェ料理が並んだ。何から何まで手作りの華燭《かしょく》の典《てん》だった。

自慢の庭園にキングサリのアーチがあった。キングサリはイングリッシュガーデニングでよく使われる花の名前で、葉の脇から黄金色の房のような花が垂れ下がり、それが鉄の柵をつたって美しい花のアーチを作る。

その花の房が、風で震え始めた。みるみる風は強くなり、房は飛ばされそうになるのを必死で耐えている。黄金色の花が黒ずんで見えたのは雨雲が立ち込めたからだ。

隆介の頬を冷たい風が撫でたあと、さっと洋館の方に吹き抜けていった。隆介の持つグラスに雨だれが一粒落ちた。そこからはもう手がつけられなかった。空からコーヒー豆が降ってきたようにグラスに雨粒が飛び込む。五月の通り雨だ。

雨足は激しく芝生を叩き、たちまち幾つも水溜りを作った。

「みなさん、洋館に避難してください」と関が叫んでいる。とにかく広い敷地なので洋館までは百メートルある。三十人あまりの列席者が足元に水しぶきを上げながら洋館を目指し走った。

不思議だったのは誰もが笑っていたことだ。ハイヒールを脱ぎドレスをたくし上げて小走りするご婦人も笑っていたし、落武者のように髪の毛が乱れた老紳士もヒーヒー叫びながら笑っていた、みんな子どものように奇声を上げながら笑っていた。噎《むせ》ぶような芝生の匂いと笑い声は今も記憶の中にある。

隆介が今日子の手を引いて走っている最中、今日子は耳元で囁いた。

「格安で披露宴したから罰当たっちゃったね。でも、幸せ。幸せなんて、不幸なことより少し多いくらいでいいんだよね」

普段、こんなエピソードは直接語らずに、そっとドラマに忍ばせるようにしている。それが今日は照れずに喋っている。そんな自分に驚いていた。

「なんて愛《いと》おしいお話なんでしょう」雨宮はその光景を想像しているかのように宙を見つめた。

「では、夫婦円満の秘訣を教えてください」と雨宮はＩＣレコーダーに向かって言った。

「秘訣……、心当たりがない」

「そんなに真剣にならなくてもいいですよ」と言われた。

隆介は、独り言を言うように口を開いた。

「僕たちはだめなことの価値観が同じだったんです。趣味、映画の好みは全く違ったんですが、これはだめだろ！　ってことが一緒だったんですね。例えば、店員に横柄な態度の客とか、足を組みながら食事をする人とか」

「なるほど、だめなことの価値観か……」雨宮は頷いて「それすごく沁《し》みます」と言った。

「最後に、奥様に感謝の言葉を述べるなら」

妻に感謝の言葉……、隆介は思いつく言葉を並べた。

「これまで支えてくれたこと。一緒に生活したこと。そこからいくつも作品を生み出せたこと。子どもを育ててくれたこと。家庭を顧みなかったことに文句を言わなかったこと」

あれ、妻の人生が見当たらない。

支えることが妻の人生だったのか。

雨宮は「ありがとうございました」と笑顔で締めた。

その後、慣れない写真撮影が待っていた。阪神ファンのカメラマンに「藤波《ふじなみ》が完封した時みたいな笑顔でお願いします」と言われ、その注文を無視していると、「顎を引いて笑って」と言われた。二つのことを同時にこなすことは不可能に近く、ぎこちない表情となった。

雨宮は小声でカメラマンに「野田さんの結婚指輪が写るようなポーズで」と注文した。隆介はカメラマンに言われるがまま左手で頬杖をついた。

カメラマンは何度も「あと一枚」を連呼しながら何十枚も撮っていた。

「野田さんは結婚指輪をする派なんですね。先月号で『結婚指輪する派しない派』って特集を組んだら面白いことがわかったんです」

雨宮は帰り支度をしている隆介に言った。

「どんなことがわかったんですか？」

雨宮は腕組みした手を解くと、美しい指を頬に当てて言った。

「結婚指輪する派の男性は、離婚を切り出されると狼狽《うろた》えて何も手につかなくなるんですって。あくまでも統計ですけど」

呻《うめ》き声を必死に飲み込み、「雨宮さんの旦那さんはどっちなんですか？」と聞いた。

雨宮は口元に手を添えてうふふと笑った。薬指の指輪がキラリと光る。

「前の夫はしない派でした」

「えっ、離婚してるの？」

さっきまで夫婦円満の秘訣を頷きながら聞いていた雨宮は離婚していた……。


黒光りしたプリンターが排紙トレイの上にコピー用紙を勢いよく吐き出した。一枚一枚に印字されたインクのシミが脚本となり、役者によって台詞となり、それがドラマになって、人が感動したり笑ったりする。その設計図となる脚本を仕上げるのが脚本家の仕事だ。


隆介はプリントアウトした脚本を、万年筆で推敲していた。万年筆は誕生日に妻にもらったアウロラ・オプティマというイタリア製のものだ。

「これで仕事するといいことあるよ」と茶目っ気たっぷりに妻が言ったのは遠い昔だった気がする。確かにそれ以来、仕事が途切れることはなかった。

ペン先を紙に近づけ、台詞を追う。書き直したい台詞の横に傍線《ぼうせん》を引く。徹夜してやっと書き上げた脚本に何本も線が立っている。気の利いた台詞が書けていない。

そういえば妻はどこに行ったんだろう。少し仮眠して起きると家には誰もいなかった。妻が日中に家を空けることはあんまりなかった……。気がつくと万年筆を持つ手が止まっていた。

背筋を伸ばして深呼吸して、再び文字を追う。数行追ったところで、妻のことが頭をよぎる。

離婚を切り出される前は、ドラマ以外のことを考えることなどなかった。

家庭を顧みない夫だったが、脚本の中に妻へのメッセージがあり、それが妻に届いていると思っていた。

窓から人影が見えた。妻が帰ってきたのか。違った。

こんなことに動じている。俺はベテランだぞ、と心のうちで叱咤する。

もしかして脚本が書けないのは、何かの啓示なのかもしれない。

そういえば離婚を切り出され、自分のことしか考えていなかった。隆介は妻の心中を忖度《そんたく》してみた。何か不満でもあるのか。隠し事でもあるのか。暫く考えたが思いあたることがない。

そもそも離婚して妻は幸せになれるのか。

脚本が書けなくなれば慰謝料も養育費も払えない。

ならば妻は離婚すると不幸になる。

ゆえにこの離婚は間違っている。

頭の中に浮かんだ疑問の連鎖が繋がり、証明問題が解けるように答えが出た。

隆介は万年筆のキャップを閉じ、自分に言い聞かせた。

危ない危ない、危うく別れるとこだった。

自分が何をすべきか。それはこの離婚を阻止することだ。それが家長としての使命なのだ。

妻を説得しよう。今は脚本を書いている場合ではないのだ。

隆介は書斎を出て、リビングのソファーにダイブした。うつ伏せの体勢から、くるりと身体を反転させて、肘で頭を押さえリビングを見渡した。

壁には家族の写真が飾られている。隆介と腕を組む妻の笑顔を見ると、離婚を切り出して後悔しているようにも思えてくる。きっと夫と会話をしたかったのだ。いつになっても忙しくしているので拗ねてみたのだ。

玄関で物音がした。妻だ。帰ってきた。隆介は寝たふりをした。

「ママは？」帰ってきたのは娘だった。

「なんだ、りえかよ」と隆介が言うと「はっ？」と目を吊り上げ、あからさまに不満げな顔をする。この「はっ？」に腹を立てると厄介なことになる。かつてはこの「はっ？」を許せず雷を落としていたが、それは無駄である。

「あれ？　サークルの合宿に行ったんじゃないのか」

「今晩バイトだから、帰ってきたの」りえは荷物を投げ出し床にへたり込んだ。

りえはしきりに「お腹がすいた」を連呼した。いい歳なんだから料理の一つでも作れるだろうと思うが、一向に動こうとしない。妻の帰りを待って何か作らせる気だ。外面《そとづら》はいいくせに家ではスカートからパンツ丸見えでもお構いなしだ。

「お母さん、いつ帰ってくるか聞いてみたら」とさりげなく隆介は言ってみた。りえが面倒くさそうにスマートフォンを手に取ったとき「あっ、ママからＬＩＮＥだ」と言った。「今、駅。もう帰るね、だって」

隆介は「あと五分くらいか」と思い、ふたたびソファーに横たわった。寝ているとき、身体がビクッとなることをジャーキングという。高いところから落ちる夢を見ると脳が夢を現実と錯覚してしまい、筋肉の収縮が起きるのだ。

隆介はジャーキングで目が覚めた。

徹夜がひびいたのか、横になって五分と経たないうちに寝てしまったようだ。時計に目をやると夜の九時を回っていた。いつの間にかブランケットが掛かっていて、隣のソファーで妻が本を読んでいた。

「りえは？」

「バイト。シフトがレイトショーなんだって」と本から目を離さずに言う。

「レイトショーってなんだ？」

「映画館でバイトを始めたって言ったでしょ」

てっきり、チェーン店のカフェでバイトしているものだと思っていたが、半月前に辞めたそうだ。そんなことすらわかっていなかった。

「まだ寝てられるの？　何時に起こせばいい？　締め切り大丈夫なの？」と矢継ぎ早に聞いてきた。隆介は起き上がり声調を整えて言った。

「それよりさ、離婚のこと話そうよ」

妻は「いいよ」と言い、本を閉じた。

ここは「離婚など認められない」とビシッと言うべきか、それとも『北風と太陽』の太陽のように優しくいくか、隆介はブランケットをたたみながら、どう話を切り出すか考えていた。

「この際さ、はっきり言うよ」

「うん」妻の顔が一瞬、強張ったかのように見えた。

「ありがとう。今日子が離婚を切り出してくれたおかげでさ、自分なりにいろいろ考えることができたんだ」

妻は目を伏せて聞いていたが、一瞬、微笑んだように見えた。

「これからは仕事優先じゃなくて、家族のことも、いや、家族のことをだ。優先していこうと思うんだよね」

妻は小さくだが二回ほど頷いた。それを見逃さなかった隆介は、やっぱり妻は拗ねていたのだと確信した。そして、心を込めて言った。

「なんか夫婦というものを考えるきっかけを作ってくれてありがとう」

決まった。よし、すべてを水に流そう。

「もしかして、わたしがあなたの気持ちを試そうとして離婚したいって言ったと思ってる？」

まったく予想しない返答だ。握手しようと差し出した手を撥《は》ね退《の》けられたようだ。慌てて、「そんな風には思っていないよ。けどほら、今までそんなこと話したことないから、そういう思いもあるんじゃないかと思って」と、取り繕う。

妻は無言のままこちらを見ている。

隆介は手を振って「試そうだなんて思ってない。でも離婚を切り出されて、初めて妻のありがたさがわかったのは確か」と言うと、振った手がもげるくらい厳しい言葉が返ってきた。

「まったく違うから」妻はきっぱりと言い切った。「そんな面倒くさい女じゃないから」

隆介は言葉に詰まった。妻が隆介の言い分に失望しているようにも思えたからだ。言われてみれば、妻が駆け引きするのを見たことがない。

妻は竹を割ったような性格で、近所の魚屋で値切るときもまけるかまけないかだ。

女々しい言葉が口をついて出た。

「好きな人でもできた？」

「それも違う」きっぱりと言った。

どのドアを開けてもトイレに行けない夢を見ているように、妻を説得する言葉が見つからない。

「なんでそんな淋しいことしか思いつかないの」妻は呆れた口調で言った。少し悲しさも混じっている感じがした。

負い目はないのに追いつめられている。妻が離婚したい理由は何なんだ？

隆介が何も言えずにいると、妻はまっすぐな目で言った。

「仕事、しようと思ってます」

以前、妻が珍しく仕事の話をしたことがあった。近所の居酒屋で飲んでいるときだった。

「女性が気軽に通える呑み屋さんって流行ると思わない？」妻は少し赤らんだ顔で酎ハイグラスを見つめながら言った。

「どういうこと？」妻の唐突な言い出しに、隆介は眉をひそめ聞き返した。

「この間ね、その話で盛り上がっちゃってさ」

「だから、なんで?」

「ゆり子って女一人でネイルサロンを切り盛りしてるじゃない。そんな女子が仕事帰りに寄れる呑み屋さんがあるといいよねって話したの」

妻がそんなことを語るのは初めてだった。

その店はカウンター席のみだとか、大皿に家庭料理が何種類も盛られており夕飯も兼ねることができるとか、女性限定の紹介制にするのだとか、「いらっしゃいませ」の代わりに「おかえりなさい」と言うのだとか、弾むように夢を語った。

「もう、ゆり子と二人であれもやろうこれもやろうって、どんどんアイデアが湧いてきてさ」と妻は割り箸の袋で箸置きを作りながら楽しそうに言った。

「そんな簡単に言うけどさ、飲食店は大変なんだぞ」と知ったような口で言う。

「でもさ、わたしの周りの仕事している女性って結構、そういうお店を求めているんだよね」

そんな数人のマーケティング調査で店が繁盛するわけがない。考えが甘いのだ。

「ふん、そんな家庭料理の店なんて東京中に何百軒あると思っているんだ」と妻の夢を鼻で笑った。

「そうかな、女性のためのお店って意外とないんじゃない」妻はあくまでも自信ありげだ。

隆介は思った。専業主婦は社会の厳しさに疎いのだ、自立することがいかに大変か助言するべきだ。夫として。

「あのさ、働く女性が通う店って言うけど、客単価なんて二千円くらいなもんで、外食なんてせいぜい週に二回がいいところだろ。そんなんで採算は合うのか？　東京の地価だってバカにならないし」

「そんなのわかってるよ」笑いながら言う。

「そんなお店があったらいいねって話しただけなのに、もうつまんないな」と話を終わらせようとした。

「第一、資金はどうするんだよ。居抜きだとしても敷金礼金で軽く五百万は超えるぞ」

「だから、理想を話し合っただけなの」妻の笑顔が作り笑いに変わった。隆介はそれを、妻が自分の甘さに気づき、恥ずかしさのあまりそうなったのだと思っていた。

「仕事って、もしかして前に言ってた飲食店のこと？」

「違います」

「じゃあ何？」

「隆介に言ってもバカにするだけでしょ」

「それじゃ仕事したいから離婚するってこと？」不機嫌に言う隆介に妻はため息を一つつき「ちゃんと話すね、離婚の理由」と身体を隆介に向けた。

「隆介が仕事を一生懸命頑張ってきたようにわたしも妻を精一杯しました」

隆介は頷いた。

「ここからがわたしのわがままね」と前置きして背筋を伸ばした。

「残りの人生で、自分はどこまでやれるのかを試したいです。自分の足で立って、自分の足で自分の人生を歩いてみたいの。仕事をしたいから離婚するんじゃなくて、離婚するから仕事をしなければならないの」

妻の言うことがよく飲み込めない、いや、飲み込みたくなかった。

「待って、急に言われてもだな……」

「そうだよね。わたしも考え抜いて出た結論だから急には理解できないよね」

妻は本当によく家族を支えてきた。それは朝から晩までずっと、ありがとうと言い続けても足りないくらい感じている。そんな妻と一緒に年を重ねて行きたいと思っていた。

「この先、母親の介護も待っているかもしれない。それまでの数年間でもいいから自分で生きてみたいの」

「だったらなおさら離婚しない方がいいよ」すがるような言葉が口をついて出る。

「介護だったら俺も協力する。仕事だってさ、野田隆介の妻っていう肩書きがあった方が絶対得だって」もう女々しさが止まらない。

「遠慮してるの？　夫の名前を利用するのは悪いことじゃないよ。俺も応援するし」

「そういうことじゃないのよ」妻は諭すように優しい声で言う。「何度も考えて決めたことなの。女は決断するのに時間がかかるけど、決めたらそこからが早いの。このまま夫婦でいたら、きっとわたしはまた隆介を支えてしまう。それじゃなにも変わらないの」

「そこは俺も改めるし」

「それは無理。隆介は『鶴の恩返し』の鶴になれない性格だから」

「鶴って何さ？」

「隆介は、機《はた》を織る姿は決して覗かないでくださいって言う割に、放っておかれると拗ねるタイプでしょ。自分のペースで仕事しないとダメだし、それくらい命を削って仕事をしているのもわかっている。でも、適度にかまわれないと子どもみたいに機嫌が悪くなるでしょ」

　何も言い返せなかった。

「今からもの凄くきついこと言うよ。わたしにとって、夫婦でいることは、自分を押し殺すことになるの」

離婚とはそういうものなのか。好きとか嫌いとかそんな単純なものではないのか。

隆介の両親はあまり仲がよくない夫婦だった。そんな両親を見て育った。

一方、妻の母はシングルマザーで、父親のいる家庭を知らない。

だからこそ二人でいい家庭を築こうと心に決めたはずだった。

妻は声を低くして言った。

「隆介の両親みたいにはなりたくないんだ。お互い好きでもないのに別れない……。ごめんね、失礼なことばかり言って。でもこのままでいると身体中の細胞全てが隆介を拒否しちゃいそうで怖いの」

ノックダウン寸前だ。醜態をさらしながら隆介は言った。

「今日子の新しい人生のそばに……、一緒にいちゃいけないのか」

妻は静かに頷いた。

「今まで、今日子に届くように脚本を書いてきたんだ」

「わかってるよ。でも隆介はドラマの家族と本当の家族をごっちゃにしてる」

隆介は返す言葉がなくなり、立ち上がって書斎に向かった。

こんなときは仕事をしよう……じゃなくて、こんなときも仕事をしなきゃいけないのか……。脚本家になって初めてそう思った。

今までは仕事に向かうとどんなに辛いことも忘れられた。

机に向かったが何も書けないでいた。

書きかけの脚本を目で追うと、ドラマの中の夫婦は支えあいながら困難に立ち向かっていた。

夫婦は長年住んだ東京の家を引き払い、知り合いのつてで長野の田舎に移り住んだ。

次の住まいは廃墟同然の民家だった。

建て付けの悪い玄関扉をこじ開け中に入った夫は唖然《あぜん》とした。

——蜘蛛《くも》の巣だらけの天井、板がはがれた床、はがれ落ちた壁紙を見て、一郎、今の自分の姿に重ねる。

ともえ、土足のまま家の中に入り踵を返しとびきりの笑顔で言う。

ともえ「当ホテルへようこそ。こちらがご予約のお部屋、インペリアルスイートでございます」

——ともえ、玄関の脇にある扉を力任せに開けると紙埃《かみぼこり》がぱっと舞い上がり、窓に貼られた段ボールをはがすと光が差し込む。

一郎「いい部屋だ。気に入った」

――一郎、目に涙を浮かべながらこたえる。

「いいな、こんな夫婦」

その日、隆介は一行も脚本を書けなかった。

いつの間にか朝一番に起きてリビングの暖房を入れるのは隆介の日課になっていた。最近めっきり眠りが浅くなった。ペットボトルの水を飲みながら辺りを見渡す。窓際の植木の葉がしなっとしている。なんだ水もあげなくなったのか、とペットボトルの水を注ごうとしたが、やっぱり水道の水にしようとしたら妻が起きてきた。

「おはようございます」

隆介はカチンときた。

「なに、おはようございますって。おはようでいいじゃないか。ジョウロどこにしまったんだよ」

「何怒ってるの？」妻は戸棚からジョウロを取り出し、水を汲《く》んだ。

「他人行儀な言い方をして離婚する妻をアピールするのやめろよ。そっちの勝手な申し出に困惑しているのがわかんないの。結婚して二十年以上経つんだから、そんな急に受け入れろっていうことが非常識だよ。大型タンカーが海の上で急に方向転換しろって言われてもできないでしょ。ゆっくり時間をかけて舵《かじ》を切らないと向きは変えられないんだよ」

「だからゆっくり他人行儀になろうって思っての、おはようございますじゃないの」

「だ、か、ら、そういうことじゃなくってさ、離婚を切り出されて傷ついているのに、離婚するプロセスまで傷つけるなって言ってんの」

「だったらいつも通りのままでいて、ある日、急に振る舞いを変えろってこと？」

「それはそれで傷つくだろ」

「結局どうすればいいのよ？」

「そんなもの自分が言い出したんだから自分で考えなさいよ」

「もう、意味がわかんない」

隆介は妻からジョウロを奪い取り、植木に水を注いだ。植物を愛《め》でると少しは気が落ち着くかと思ったが、余計むしゃくしゃしてきて、大きく息を吐き、啖呵《たんか》を切るようにまくし立てた。

「だいたい、昔は妻から離婚なんて切り出せなかったんだ。江戸の女房たちは、夫と離縁したければ、買い物に行くふりをして、鎌倉にある東慶寺を目指したもんだ。なんせ江戸から五十キロもあるんだぞ。『買い物にしては長いな、もしや駆け込みやがったな』と夫に気づかれ、追っ手がやってくる。それはもう一刻一秒を争う大変なことだ。門前でとっ捕まることだってあるんだ。運良く、門の中にかんざしと、下駄を投げ込めれば駆け込みは成立するが、東慶寺に入山してからも大変なんだぞ。二年間経ってそれでも気持ちが変わらないときのみ離婚が認められるんだ。それくらい離婚ってものは女にとっては大変なんだぞ」

「その話の映画、この前、BSでやってたね」

「そういうことじゃなくてさ」

心がささくれ立っている。どんどん自分が嫌になっていくのがわかった。それは身に覚えのある感情だった。

「おい、いつまで待たせるんだ」と玄関から隆介は不機嫌に叫んだ。

家族揃ってせっかくの外食なのに誰一人急ごうとしない。家族の態度に隆介は一人苛立っていた。小学生の子どもたちはもたもた支度をしているし、妻は電話したまんまだ。隆介は心のうちで数を数えた。十数えるうちに揃わなかったら外食は取りやめだ。一、二、三、四……。八つまで数えた。ここから先は、ゆっくり数えてやる。頼む、この間でみんな玄関に集まってくれ。心のうちで願う。じゅう……う。息が続く限り伸ばしたが玄関に誰もこなかった。

「もう今日は中止」隆介は靴を脱ぎながら怒鳴った。

リビングの扉を乱暴に開け、ドスンと音を立ててソファーに座る。息子と娘がポカンとした顔でこちらを見ている。

「ご飯には行かない、ってお母さんに言ってこいよ」とまだ小学生だった息子を睨んだ。

隆介の苛立ちに気づいた妻は「出掛けようと思ったら、電話が来たからしかたがないじゃない。ほら行こう」と言う。

「いや、もう行く気がしなくなった」

「機嫌直してよ、ほら、行こう、ねっ」妻はそっぽを向いた隆介の顔を覗き込んで言った。

俺は家族のために必死で働いているんだ、と言葉にしない代わりに隆介はこんな態度を取ってしまう。自分でも何様だ、と心で思うが、態度と言葉はその逆になってしまう。

ソファーにふんぞり返ったまま不機嫌な態度を続ける。

妻は「じゃあ、家でご飯にするのね。鍋でいいよね」と財布を手に持ちながら言う。

今なら間に合う。ほら機嫌を直して家族を外食に連れて行くんだ。ともう一人の自分が必死に言うが、からだが動こうとしない。本当に自分はお子ちゃまだ。

子どもたちは白けた顔をしてゲームを始めた。

4　どうしてそんな言い方するのかな

会議室のブラインドから陽光が差し込んでいる。関がテーブルに足を投げ出すと、埃が舞い上がりキラキラと光った。

関はリサーチ会社から上がってきた資料に目を落としながら、時折、にんまりとする。

世間の夫婦がやっている習慣をモニター調査して、いいものがあればドラマに反映させようというのだ。

「これなんかどうだ？　わたしたち夫婦は週末に話す時間を作って、小さな幸せを言い合いっこしてます。例えば、炊飯器のスイッチを入れ忘れたけど、旦那が夕飯を済ませて帰ってきたこととか」と言い、失敗を言い合える夫婦ってのが、いいよなと付け加えた。

「これも使えるかも。共働きで会話が少なくなるので、ウチはホワイトボードを使って毎日交換日記をしています。お互い今日、何を食べたかとか、腹が立ったことを書いています」

「なるほど。スマホでやりとりするよりいいかも」と大堤は頷き、「ねぇ、野田さん」と隆介に相槌《あいづち》を求めた。隆介は、二回目の呼び掛けで我に返った。

「野田さん、どうしたんですか、思いつめた顔をして」と大堤が訝《いぶか》しんだ。

どうやら自分は、さっきから思いつめた顔をしていたようだ。

「大丈夫、ちゃんと聞いているから、続けてくれ」と手のひらを大堤に向けた。

「じゃあ、僕がいいなって思ったネタ言いますよ。相手のことを好きだなって思えたときに五百円貯金をする夫婦がいるんです。年に一回、貯まったお金で食事に行くんですって。いい話だと思いません？」

隆介は「へー、いいね」と大げさに相槌を打ち、「どのシーンで使おうかな」と腕組みをした。

資料から、文面から夫婦たちの幸せそうな光景が浮かびあがる。胸が痛むばかりだった。

隆介はまっすぐ帰宅し、すぐさまパソコンに向かった。打ち合わせをまとめたメモを横に置き柱を立てる。この作業をするときいつも、ある演出家に言われた言葉を思い出す。

『一本の柱に、どれだけ魅力ある台詞があるかで、脚本家の価値は決まる』

柱とはシーンのことである。柱に、場所と時間を書き、そこで芝居が行われる。例

えば、

シーン1　街頭　夜

――一郎、あてもなく歩いている。

という感じだ。

一時間ドラマだと四十本くらいの柱が立つ。ホームドラマはそこでの台詞のやり取りが勝負となる。

登場人物たちはどんな台詞を言うのだろうか。カタカタと打っては消す。ダメだ、また手が止まった。

一日のうち、離婚を考えない時間を作らなければどうにかなってしまいそうだ。

気がつくと、右手でマウスをカチカチさせながら、ネット記事を眺めていた。いつの間にかネット相談のサイトに来ていた。

悩みを書き込んだら、即座に回答が届いた。

四十代の会社社長、道しるべというハンドルネームの男性からだった。

回答投稿

RYUSUKEさん

頭の中を空っぽにしたいのならスポーツジムに通うことをおすすめします。

私もあなた同様、毎日いつもどこかで何かを考えています。経営のこと、社内の人間関係のこと、家庭のこと、考えることが多すぎて頭がバーストしてしまいそうでした。

その時、すすめられたのがスポーツジムです。そこでウエイトトレーニングをするのです。ランニングは走りながら何かを考えてしまうのでダメです。

しかし、ウエイトトレーニングはひたすら重たいものを上げて下ろす。それだけに集中しなければなりません。一歩間違うと重いウエイトの下敷きになるかもしれません。とにかく集中しなければならない。他のことなど考えている暇はありません。

そんな時間を一時間でも作ることが大いなるストレス解消になるのです。

ぜひ、お試しあれ！

道しるべさんが通っているジムは、桜テレビの近くにある。

翌日、打ち合わせの帰りに、前を通ってみた。

受付の奥がガラス張りになっていて、同世代の男性がトレーニングに励む姿が見える。入り口付近に立っている男性に軽く会釈をしたら、ジムのオーナーのマネキンだった。

意を決し建物に入る。

受付で「最近、運動不足で……、中年太りが気になって……」といかにもな理由を告げると、ジムの女性が館内を案内してくれた。

このジムの特長は、マンツーマンでトレーナーがつくことだそうだ。

「体験されますか？」

道しるべさんのいう、他のことを考えられないとはどんな世界なのか。

ジムで借りたトレーニングウエアに着替え、屈伸をしていると、がたいのいい男が声をかけてきた。

小杉《こすぎ》と名乗った男は野太い声で「どの辺りの贅肉《ぜいにく》が気になりますか？」と聞いてきた。

映画『アメリカン・スナイパー』に出てきそうな屈強な姿に、隆介は後ずさりしながら「ウエスト周りですかね……」と言った。

小杉は隆介の腹部に目をやり「わかりました。身体の仕組みがわかれば、無理なく痩せられます。理論を覚えながらトレーニングしてゆきましょう」と笑顔を見せた。

小杉によると、痩せるということは代謝をよくすること。代謝がよければ脂肪が燃える。脂肪が燃えると痩せる。そういうことらしい。

燃費の悪い昔のアメ車がどんどんガソリンを使うように、エンジンにあたる筋肉を大きくすれば代謝がよくなり痩せるのだ。

ストレッチをしただけで息が上がり、汗が噴き出た。

「では、スクワットからいきましょうか」と小杉が言う。

鏡を見ると、太り気味の中年が立っていた。

今、この体型でプロポーズしたらきっと断られるだろうな、とまた妻のことを考えてしまったが、そんな余裕があったのはここまでだった。

運動不足の中年男に、ここは海兵隊か……とみまがうほどのトレーニングが待っていた。

拷問《ごうもん》にかけられるかのように肩にバーベルを担がされた。

姿勢を正し、下腹部に力を入れ、垂直にゆっくり腰を下ろして下さいと言われる。その際、股の付け根に皺が寄るよう意識する。かかとに体重をかけ、へたり込む直前で、息を吐きながらいっきに立ち上がる。

これが、太ももに一番効くやりかたらしい。

小杉によると、スクワットの目的は身体の中で一番大きな大腿《だいたい》四頭筋《しとうきん》を鍛えることにあり、ここに筋肉がつくとたちまち代謝が上がるそうだ。

理屈はわかる。でも、できない。重いバーベルに押しつぶされないようにするのがやっとだった。腰を下ろすと姿勢が崩れ前につんのめる。

介護されるお年寄りのように小杉に支えられながら十三回もスクワットが続いた。必死すぎて、他のことは何も考えられない。

額から、いや身体中の毛穴という毛穴から汗が噴き出している。

「さあ、野田さん、あと十回行きましょう！」腰を抜かしそうなことを小杉は笑顔で言う。

「あの、五十代のおじさんがこんな運動しても大丈夫なんでしょうか？」

「はい。七十代の方も野田さんの倍の重さでトレーニングされています。理論を覚えれば野田さんも楽々できるようになりますよ」

あと十回の記憶は忘却の彼方にあった。最後の一回が終わると、隆介は救助された遭難者のように抱きかかえられていた。

「今度はベンチプレスをやってみましょう」

と小杉は眉を上げて言うと、エリアを移動した。

隆介は、足をがくがくさせながら、壊れかけのロボットのように小杉を追いかけた。

ベンチプレスは主に大胸筋と呼ばれる胸の筋肉を鍛えるトレーニングだ。ベンチに仰向けになり、バーベルを上げる。

小杉は「重さに負けるとプレスされてしまうんで、ベンチプレスと言います」と言って、自分で笑っていた。

ベンチプレスのこつは、仰向けになったとき、肩甲骨を寄せる。乳首の上の辺りでバーバルを持ち、手首を反らずに上下させる。この際、腕の力で上げようとせず、かかとで踏ん張り、腰を浮かせ、下腹部に力を入れ、身体を連動させながら、バーベルを上げ下げする。

理解はできたが、やるのは初めてだ。最初なので一切、重りをつけずに二十キロバーのみを十五回上げ下げすることになった。

さも勇ましい声を張り上げるが、バーを持つ腕が震えている。

五回目で早くも限界がきた。下ろしたバーが上がらないのだ。瓦礫《がれき》に挟まってもがいているようにしか見えない。ほとんど小杉のサポートに頼りながらやり遂げた。

またしても、ありがたいことに他のことを考える余裕などなかった。

「身体の仕組みを知りながら、身体を鍛えるって面白くないですか」

隆介はベンチにへたり込み、肩で息をしながら、

「たっ、確かに面白いとは思いますが、身体が持ちません……」と水を口に含んだ。

「すぐに慣れますよ。じゃあ、最後に腹筋やりましょう」の爽やかな言葉に水を噴き出した。

翌日、起きると筋肉痛の洗礼が待っていた。身体が言うことをきかない。ロープで

縛られた人質がベッドから落ちるように抜け出す。パジャマから洋服に着替えるだけで十分もかかった。

道に段差がある度、うめき声をあげる。いたるところ段差だらけのこの世の中が恨めしい。ちっともバリアフリーじゃない。

その間も妻のことは一度も頭をよぎらなかった。

二回目のトレーニングで「年齢の割に回復するのが早いですよ」と小杉が笑顔で言い、「筋肉痛に勝つ一番のコツは鍛えることです」とまたしごかれた。

どこか身体を動かすということは、勇気を授けてくれる気がした。

この勇気が離婚を阻止することに役立つかわからないが、もう少しジム通いを続けようかと思った。


隆介はまどろみから目覚めると、えも言われぬ幸福感に包まれていた。

朝にジムに行き、仕事場で脚本を書いているうちに寝てしまったのだ。

このところ、数分ほどのうたた寝が気持ちいい。

口元のよだれを拭う。ＦＭのパーソナリティが午後三時と告げた。

ふとカレンダーを見ると、師走になっていた。

隆介はコーヒーを用意して、再び机に向かう。

ドラマの中で、田舎に移り住んだ夫婦はとにかく身体を動かし働いた。土地を耕す。大地に鍬《くわ》を入れる度、生きる勇気が湧いてくる。
そんなシーンを描こうと思った。

――一郎とともえ、畑に鍬を入れる。

一郎「なんで機械を使わないで、人力なんだよ」

ともえ「まあ、そう言わずに働きましょうよ。汗なんてかいたの何年ぶりかしら。お日様があの山の上に昇るまで気張りましょう」

――一郎、汗をぬぐい、山間を見ると、清々しい太陽が昇り始めている。
それとは対照的なバブル時代の一郎の回想。

――一郎、部下に居丈高にものを言う。

――一郎、高級レストランで食事。なぜか虚しい。

――一郎、畑に大の字になりへたりこんでいる。ともえ、おにぎりを差し出す。

ともえ「東京じゃ味わえないご馳走です」

一郎「うまい、とにかく美味い。腹の底から笑いがこみ上げてくる。

　美味くて、おかしい。どうしたんだ」


野球の硬球ほどの握り飯を美味そうに頰張る夫婦。そんなシーンを書きながら口の中に唾液が広がった。口から鼻に抜ける新米の美味さが蘇った。

離婚すると妻の手料理も食べられなくなるのか。

暫く仕事に集中してから、一息ついていると、夕日が部屋に差し込んでいることに気づいた。

茜色の夕日を眺めていたら、妻のカレーライスを思い出した。

「どう、美味しい？」と妻は顔を近づけて聞いてきた。

テレビでやっていたトマトカレーを実践してみたという。

夫婦の日々を重ねるにつれ、妻は料理の腕前を上げた。

我が家に少しずつ彩りが増えていき、日だまりのような幸せに包まれていた。

隆介の少し歯切れの悪い「うん」に妻の顔が曇った。

「何、なんか言いたいの？」

「コクがさ、もう少しあると完璧なんだけどな。でも美味しいよ」

「どうしてそんな言い方するのかな」妻はルーをスプーンですくってはこぼし、それを繰り返しながら言った。

なんで素直に「美味しいね」と言えなかったのか。

キッチンのカウンターに香草や香辛料がビンに入って並んでいる。

幸せで満された食卓に自分が同化してゆくのが怖かったのだ。もっとささくれた、血生臭いドラマが書きたかった。ホームドラマではない何かを書きたくて、粋がっていた。

所帯染《しょたいじ》みたことに抗いたい自分がいたのだ。

翌年、子どもが生まれ、慌ただしい毎日がコピー&ペーストするように過ぎていった。妻は、あのときのように「どう、美味しい？」とは聞いてこなくなった。

今なら、妻に料理の感想を素直に言える。

離婚を切り出されてからそんな細部のことに気づいた。

ドラマの中の夫婦は、貧しいながらも支えあって生きている。

隆介は書きかけの脚本を保存して、ひとつため息をついた。

仕事場を出ると鼻筋に冷気が入ってきた。

家に帰るにはまだ早すぎる。行きつけのバーの看板が出ていた。

隆介は肩をすぼめ「寒っ」とつぶやき、吸い込まれるようにバーに続く階段を降りた。

小型船のキャビンほどしかない店内はカウンターに六席の椅子が並んでいる。その後ろにモナリザの画が二枚飾ってある。一枚はモナリザの右手が上になったもの、もう一枚は左手が上になっている。酔った客がトイレに立った時、左右を入れ替えて驚かしているのを見たことがある。カウンターの隅には二千五百円の値札の付いたエミール・ガレのレプリカのランプが淡いあかりを灯している。

隆介はウイスキーを同量の水で割ってもらった。加水することでアルコールは温度を三度上げ、一層匂いが立つと教えてくれたのはここのマスターだった。

「お酒の良さを水が引き出す。なんか夫婦の関係に似てるよね」

そんなことを言っていたころが懐かしい。

隆介は手帳を取り出し、レプリカのガレのランプを手元に引き寄せペンを走らせた。

妻にはやりたいことをやってもらい、今度は自分が妻を支え、同じ方向を見て共に歩めばいい。と書き留めた。この提案なら妻は納得するはずだ。

なんでも新品に買い換えるご時世だが、人との関係くらいは維持することが大切なんだと、熟成されたモルトウイスキーが教えてくれているようだった。

一杯目を飲み干したとき、二人の客が入ってきた。

三十代の男女だった。男は銀ブチの眼鏡をかけ、女は赤い服を着ていた。

仕事帰りに立ち寄ったというところか。

「マスター、俺、アードベッグをトワイスアップで」

「なに、トワイスアップって？」

「お酒と水を半分ずつってこと」

「アルコール度数を下げて飲みやすくする意味もありますが、水を加えると温度が少し上がるんです。温まるとウイスキー本来の香りが楽しめるんです」と言うマスターに、

「へーっ、じゃあわたしも同じのをください」と笑顔を見せた。

マスターが二人の前を離れると、銀ブチ眼鏡の男は話を始めた。

「で、旦那さんとは上手くいってるの」その言葉に赤い服の女は、

「なんかね、毎日忙しいみたい」と言い、ため息をついた。

銀ブチ眼鏡の男は夫ではなく、仕事仲間のようだ。

「今日はじっくり話を聞くからさ、旦那さんって……」

そう言いかけたところで酒が来た。銀ブチ眼鏡の男は話をいったん止めてグラスに鼻を近づけた。赤い服の女もそれに倣う。

「香りが立ってるだろ」

「うん。そんな気がする」と首を縦にふる。

マスターが離れると銀ブチ眼鏡の男は「旦那さんとはいつから付き合っているの？」と話を再開させた。

会話の断片をつなぎあわせると、赤い服の女は夫と大学の音楽サークルで出会ったようだ。夫の現在の職業は薬剤師らしい。

話題は、結婚二周年記念に予約したレストランで二時間以上も待たされた、という話に変わっていた。

「旦那さんは謝ったんだろ？」

赤い服の女はかぶりを振り「『なんだ、先に食べてててくれればいいのに』って言われた」それからコース料理を楽しむには時間が足りず、二人は店を出たという。

「えっ、それで怒らなかったの？」

「そりゃ言ったよ。でも、仕事ができる人だから仕方ないんだよね」

仕事ができる奴なら、そんな大事なときにこそ時間を調整してなんとかするはずだろ、と思わず声に出してしまいそうになる。

マスターもグラスを磨きながら聞き耳を立てていた。

「さちこの旦那さんって、自分の事を優先しすぎじゃない？　つまり身勝手なやつ」

「そうなの。なんでわかるの？」

頬杖の肘がカウンターから落ちそうになった。ここに居る全員がそう思っている。

その他にも、いきなりバリスタになりたいと言い出し渡米した話や、急にバンドを組んでコンテストに出た話も飛び出した。それで結婚が二年延びたという。

隆介は赤い服の女の言葉に耳を疑った。

「最近、国境なき医師団に参加したいって言うの」

妻を幸せにできない夫が、どうやって他人を幸せにできるんだ。国境なきバカだ。

「そんなの無理って言わなきゃ」

「言ったよ。でも、アフリカの子どもたちの瞳が俺を呼んでるんだって言われたら、何も言えなくなっちゃうんだよね」絶対に呼んでない。

マスターのグラスを磨く手が止まった。

「さちこはついていくの？」漢字が幸子だったら、完全に名前負けだ。

「うーん、考え中」

「そんなの別れてしまいなさい」声の主は隆介だった。その声に自分が一番驚いた。

赤い服の女は「えっ、わたしに言いました？」と自分に指をさした。

「突然隣からでしゃばりますが、さちこさん、あなた我慢しすぎだ。旦那さんは一貫性がなさすぎる。そうやってコロコロ気持ちが変わるんだから、あなたへの気持ちも変わるのは時間の問題でしょう。まだ若いんだからやり直すなら今だ」

二人はグラスを持ったまま固まった。

「すいません。なんか既婚者の意見も必要かと思って。でも、言い過ぎました」隆介は席から立ち上がって頭を下げた。

その姿を見て二人も立ち上がるが、その拍子に銀ブチ眼鏡の男の肘がグラスに当たり倒れてしまう。カウンターに琥珀《こはく》色の水が広がり、焚《た》き火のような香りが立ち込めた。

マスターは辺りを拭きながら、「このご時世、離婚くらいたいした問題じゃないよ。ねぇ」と隆介に言った。

「そうだよ大丈夫、離婚したらすぐにいい出会いがある」と気がついたら自分を棚に上げ言っていた。

店からのおごりですとマスターはウイスキーを三杯カウンターに並べた。アイラの「香水」の異名をとるスプリングバンクというシングルモルトだった。

赤い服の女は、今まで夫のことを他人に話すことはなかったと言った。

「わたしがそっぽを向いたら味方がいなくなっちゃう気がして」

「そういうのってさ、好きっていうのかな」銀ブチ眼鏡の男はウイスキーに口をつけた後、

「野田さん、どう思います？」

とグラスで矛先をこちらに向けた。

「さちこさんは夫を支えていると思っているかもしれないが、支えるっていうのは周りにバレちゃいけないものだって思うんです。わたし支えてます！　ってなんか押し付けがましいでしょ」

赤い服の女は「それはわかっているんです。でも……」とため息をつき、隆介の薬指を見ながら「野田さんの奥様はどうなんですか？」と言った。

隆介はカウンターから左手を下ろし、「うちはね……」と言ったところで気づいた。妻は支え上手だ。相手に支えていることなど微塵も感じさせず支えている。

隆介が言葉を選んでいるとマスターが、

「さっきからさ、さちこさん、『でも』が多いんだよね。もう二十二回も使っている」とコースターの裏に書いた正の字を見せた。

「いやだ、そんなに言ってました？」と赤い服の女は口に手を当てた。

「『でも』が『やっぱり』に変わると前に進めると思いますよ」とマスターが言った。

赤い服の女は「でも……」と口ごもり、「別れたくないって気持ちに理由はないん

です」と独り言のように言った。

液体とも固体ともつかない感情が判断を迷わせている。

唯一、その気持ちだけは隆介も同じだった。

夜の十時を回ると店は満席になった。隆介が家に帰るとLINEをしたら、妻の返事がこれだった。

――ごはんないよ（笑）

最寄駅を降り、帰る途中、コンビニで買った中華まんを歩きながら食べた。下に付いているパラフィン紙をビニール袋にしまい固結びにしたところで、家の前に着いた。我が家なのに緊張する。

電気も点けず玄関の廊下を行く。ドアの窓から覗くと妻はリビングでスマホをいじっていた。

「ただいま」

一瞥して「あっ、おかえり。ごめん、急ぎのメールをしてるの」と再び画面に目をやる。

隆介は話すタイミングを窺うが、妻はメールに集中している。

冷蔵庫の扉を開けて缶ビールを手に取り「飲む？」と声をかけた。

「うん。コップに半分でいいや」と返事がきた。

「ありがとう」妻はスマホの画面から目を離さずにコップを受け取った。

隆介は、あー疲れた、と首をぐるぐる回し向かいのソファーに腰を下ろした。

妻と目が合った。正確にはこちらがずっと見つめていたので目が合った。

「どうかした？」

隆介はなにげなく、さりげなく、帰り道で考えていた台詞を切り出した。

「なんかさ、今回のドラマの夫婦……昔の俺たちに似てきちゃってさ」

「そりゃそうでしょ。隆介はいつも家族のことを切り売りして書いているんだから」

とこちらを向いて言い、再びスマホに目をやる。

夫婦の絆を書く辛さをぶちまけたいところだが、ビールと一緒に飲み込む。ぷはーっ。

「今度、取材がてら中野《なかの》のアパートに行ってこようと思うんだよね」

「新婚の頃の？　懐かしいね。あの辺変わっちゃったかな」と言いスマホを置いた。

妻の記憶の扉が少し開いた隙に隆介は思い出を語り、妻をあの頃に連れ戻そうとした。

結婚した当時、隆介と今日子は中野の川沿いにあるアパートに住んでいた。２ＤＫの狭い部屋が二人の新居だった。

金が無くてインスタントラーメンを分け合った話、話題の海外ドラマの続きが観たくて深夜にレンタルビデオ屋に走った話。そんな夫婦の思い出を断片的にドラマに盛り込んだことも話した。

この数分で妻は何度も笑い、隆介の話に耳を傾けた。

妻は聞き上手なので隆介も思わず饒舌《じょうぜつ》になる。

「やっぱ、もう少し飲もうかな。隆介は？」

「うん、もらおうかな」

今、二人は夫婦の思い出を旅しながらビールを飲んでいる。

きっと妻は気づくはずだ。二人で一緒に人生を歩み出してから積み重ねたことがいかに多いか。この先他の誰かと出会ったとしてもここまでの思い出を作れるはずはないことを。

女々しい戦法であるが、今はあらゆる狡猾さを総動員させて、妻に夫という存在の尊さを実感させるつもりだ。

「でも、脚本家としてここまでこられたなんて奇跡みたいな話だよ」

「そう？　隆介、ものすごく努力してきたじゃない」

「いやいや、何度苦渋《くじゅう》を味わったことか。このビールの何倍も苦い経験、随分したよ」と缶を開けた。少し泡がこぼれた。

「どんな？」妻は真剣な顔で聞いてきた。

では話そう、社会の厳しさを。

「脚本の書き方なんて誰も教えてくれやしない。ストーリー、台詞、どれも何百万通りもある中から自分が正しいと思うものを見つけ出さなきゃいけないんだ。人の脚本を穴があく程読み込んで、それを糧にオリジナルの物語を紡げるようになって初めて仕事がくる。そのチャンスにしがみついて、結果を出して、そこからやっと自分のスタイルが見えてくるんだ」

妻は社会の厳しさを侮っていた、という顔をしている。神妙に聞き入っているのが、息をしていないことから感じ取れた。

「これで順風満帆な船出が始まると思ったら大間違いなんだ。いい作品でも視聴率が取れるとは限らない。テレビには他局の裏番組ってものが存在して、ドラマの初回に二時間のバラエティ番組をぶつけて平気で潰しにかかる。そんな嫌がらせを吹き飛ばすくらい面白くないとダメなんだ。順風満帆に見えて、どれだけ我慢してきたか。社会なんて我慢の連続だ」と演説をするかのように話した。

妻が一人で生きていくことを逡巡し始めたようなので、ついでに、

「世の中には三種類の人がいる。自分の好きなことを仕事にして成り立っている人、自分が何をすべきかを仕事にして成り立っている人。お金のために働いている人だ」とテレビでカリスマ予備校教師が言っていた言葉も動員した。

「そんなに自立って難しいんだ」とため息をついた。妻は打ちのめされている。今だ。妻に夫婦で支え合うことがいかに大切かを確信させるチャンスだ。

隆介は包み込むような笑顔で、

「そんな荒波の中で、どうしてやってこられたと思う？」と問いかけた。

「…………」妻は缶を両手で握りしめ俯いていた。

「それはね、支えてくれる人がいたからなんだよ」

隆介は妻の憂慮の面持ちをフォローするように言った。

妻はこくりと頷いて「そうだよね」と言った。

「だから、今日子が社会に出る時、今度は俺が支える番なんだ」

「ありがとう」そう言い妻は微笑んだ。

そして、こう言い切った。

「離婚してもわたしたちの関係は変わらないもんね」切れ味鮮やかに言い放った。

妻はあくまでも離婚ありきだ。

そもそも離婚ってこんな感じなのか。

もっと相手を罵《ののし》ったり、感情的になったりするもんじゃないのか。法的手段に出たりしないのか。妻が感情的に不満をぶつけてくれれば、それに反論することができる。

すべてが妻のペースだ。

これまで妻は夫と子どもたちを支えてきた。これからは自分の人生を生きたい。

それはわかる。嫌いになったわけではないのもわかる。

自分の人生を歩き出してもらって構わない。むしろ応援したい。

どうぞ仕事もしてください。全力で応援します。と思っている。

これだけ理解して、譲歩してるなら、離婚を取りやめてもおかしくない。

なのになのに、妻はあくまでも離婚ありきで話を進めようとする。

シミ抜きしようが漂白しようが、全く落ちない汚れのように頑固だ。

「どうしても離婚するのか？」

すると、妻は子どもを諭すように丁寧な口調で言った。

「急にこんなこと言われても理解できないよね。これは弁解の余地もないわがままです。でも、最初で最後のわがままだと思って聞いてください」

そんなこと言われても、離婚したくないのだ。

「もし仮に離婚したとしよう」

財産とか、養育費とか、それはどうする？　と恐る恐る離婚の森に足を一歩踏み入れた。

「わたしから言い出して、偉そうに条件なんて言える立場じゃないけど……」妻はそう前置きして「この間ね、無料の弁護士相談会があってね、そこで聞いた話なんだけどね」。

チョットマテチョットマテ、そんなところまで進んでいるのか。

隆介は露骨に顔をしかめ「なんだよ言ってみろ」とふてくされた。

「結婚して二十年以上になるし、結婚してからこの家も建てたっていうことで、妻は平等な立場なんだって」そう言って具体的な要望を述べた。

この家はください。

子どもは大学を出るまで私が育てます。

雅治の仕送りは引き続きお願いします。

りえの養育費も大学を卒業するまでお願いします。

そして、わたしにも月々の生活費をお願いします。

隆介はのけぞって驚いた。無条件降伏だ。領土を取られた上、賠償金も払わなければならない。

「ふざけるんじゃねぇ、勝手なことばっかり言いやがって、そんな条件呑めるわけないだろ、絶対に認めないし、別れないからな」と言うべきなのか。

妻はふーっと息を吐き「隆介の気持ちはいつまでも整わないと思うんだ。だから……」

だから、何？

「このままじゃ埒《らち》があかないから、長くてもあと半年後には離婚したいです」

期限をきられた……。ダリが描くような時計が脳裏に浮かび、離婚への時間を刻み始めた。

5　妻を嫌いになればいいんだ

「そうだ、妻を嫌いになればいいんだ」

閃《ひらめ》いたのはスポーツジムのシャワーを浴びていた時だった。

トレーニング中に小杉が「太りたくなければ、食べるのを我慢するのではなく、何を食べるべきかを知ればいいんです。身体に必要なものだけを食べていれば人は絶対に太りません」と言った。

「例えば、甘くて美味しいチョコレートですが、身体に必要な栄養は二割で、八割は脂肪になって身体に蓄積されてしまいます。それを知っていれば手を出しませんよね」

なるほど、街金のような阿漕《あこぎ》な利息だ。

小杉によると、人類が飢餓状態から抜け出たのはつい最近のことで、身体はいつ飢餓状態になるかわからないので、栄養以外もとりあえず備蓄するようにできているという。

「悩むくらいだったら、害だと思えばいいんです」と言ってのけた。

それだ。離婚に悩むくらいなら、妻の事を害だと思えばいい。

隆介は脳天でシャワーの熱を感じながら、妻を嫌いになろうと決めた。

自宅に戻ると、手始めにリビングを見回し、妻の粗《あら》を探してみた。

キッチンは一見整理整頓されているように見えるが、よく見るとだらしないところが多々ある。醬油《しょうゆ》差しの口の部分が汚れていたりする。

戸棚には何年もほったらかしの乾物だってあるし、同じ調味料を何個も買っている。

ターメリックが一、二、三、四……、五個、この家は香辛料屋か。

冷蔵庫のタッパーにカビてしまい原形をとどめていない食材を発見した。

一見トリュフチョコレートに見えるが、カビて胞子のついた梅干しだ。

臭いを嗅いだ。思わずえずき、涙目になった。

こんなだらしない女が別れてくれと言っている。願ってもないチャンスじゃないか。

隆介は寝室に行き、自分の引き出しを開けた。

丁寧に三つ折りにたたまれたパンツが規則正しく並んでいる。

最近、妻は洗濯をあまりしなくなった。

夫のパンツを洗えないほど、妻は夫を嫌っていると思えばいい。そこまで嫌われて夫婦でいる意味があるのか。たたまれたパンツが日に日に減っていく。そしてパンツを全部穿ききったときに、家を出ればいいのだ。

むしろ離婚は好機なのかもしれない。

妻は悪女でたまたまそれに気づかず自分はいた……。

そんな気持ちになるのだ。

自分の細胞に念じていると、玄関でチャイムが鳴った。

段ボール箱一箱分のキャベツが届いた。配達伝票を見ると、ドラマのロケ地からだった。

ドラマで実際に役者たちが畑を耕し作った野菜が送られてきたのだ。

ご家族でご笑味ください、とスタッフからの手紙が添えてあった。

遠い空の下で、ドラマの夫婦は支えあいながら野菜を作っている。

かたや、隆介は妻を嫌いになろうとして想像を掻き立て粗探ししている。

情けない。ため息が出た。

隆介は気分を変えて車で出掛けることにした。普段、車を使うのはもっぱら妻の方だが、今日は乗っていない。

隆介は車に乗り込むと、青ざめた。

この車を他の誰かが運転した。しかも自分より背の大きい人物だ。シートの位置が自分のものでも妻のものでもないのだ。

想像したくもないことがこの車内で行われている。

これまで想像力を膨ませて家族の温もりを書いてきたのに、今、この想像力が自分の胸を締め付けている。

落ち着くんだと、動揺しながら自分に言い聞かせる。

エンジンをかけると同時に、甲高いヴォーカルの曲が流れた。

咄嗟《とっさ》にボリュームを下げるが鼓動は高鳴る。

助手席にCDケースがあった。何かの痕跡ではないかと素早く手にとる。

「クリープハイプ?」

妻が聴くはずのないバンドだ。

死ぬまで一生愛されてると思ってたよ、というタイトルが皮肉過ぎる。

もっと決定的な痕跡はないのかと、くまなく車内を詮索する。

カーナビの履歴を覗くと、一昨日の記録に見知らぬ住所が残っていた。三軒茶屋《さんげんぢゃや》一丁目とある。

隆介は覚悟を決め、その住所を目的地にセットした。毒を食らわば皿までだ。

CDのボリュームを上げ、車を走らせた。甲高いヴォーカルの歌声が負の感情を歌い上げている。高い音域で何度も繰り返されるギターのリフ。この音楽を聴きながら妻は何を想っていたのだろう。

離れていても、夫婦ならばお互いの想っていることは大抵わかると確信していたが、わからなかった。わかったのは隆介の知らない妻が存在していることだ。

ハンドルを握る手が汗ばんでいる。

もし、情事を目撃したらどうする?

妻を嫌いになるにもってこいじゃないか。

馘にしようと思った従業員が不正を犯していたような、物怪の幸いとはこのことかもしれない。

「目的地周辺です。ご利用ありがとうございました」とカーナビがすました声で到着を告げた。

ここか。隆介は運転席から古い三階建てのビルを見上げた。

丁度、斜め向かいにコインパーキングがあったのでそこに車を止め物陰から観察を始めた。

一階はシャッターが閉まっている。三階の窓はベニヤ板で塞がれている。かろうじて開いているのは二階だけだ。三枚並んだ窓に「貸しスタジオ」と書いてある。

年下のバンドマンにでも入れあげているのか。もしそうだとしたら、もうそれは自分の知っている妻ではない。

隆介はビルの二階へと足を進めた。

隆介は決めた。もし最悪の現場を目にしたら、黙って立ち去ろうと。きっとドラマならそんなシーンを書くだろう。

入り口と書かれたステンレスの扉を少しだけ開け、低い姿勢をとり様子を窺う。受付の中で金髪の根元が黒くなった長髪の男がタバコを吸いながらスマホを覗いている。

この男は無関係だと勝手に決めつけた。

よし、車で張り込みを続けよう。ゆっくり扉を閉め後ずさりしたとき、背中から「なんでいるの？」と声がした。

隆介は声にならない軟弱な悲鳴をあげ尻もちをついた。

顔を見られないよう両手で覆いながら声の方に目をやると再び悲鳴をあげてしまった。息子が立っていた。

「お前こそ、何してるんだ」と父親を気取るが声が裏返っている。小刻みに打つ心臓の鼓動を悟られないよう咳払いをした。

「バンドの練習」

「お前、バンドなんてやっていたのか？」

「高校んときからやってるじゃん」

「まだ続けていたのかという意味だ」と言いながら、

「もしかしてお前、クリープハイプか」と息子を指差した。

息子は首をかしげ「そんなわけないじゃん。リンゴトーンだよ」と初めて聞くバンド名を告げた。

「そんなことより、お母さん、ここに来たろ？」はなんとか冷静に言えた。

「来たっていうか、俺が免許とったばかりだから、ここまで運転させてもらったの」

周りの景色がモノトーンからカラーになった気がした。そういうことか。

隆介は財布から一万円札を取り出すと「これで美味いものでも食え。今日のことは誰にも言うなよ」と息子の手に押し込んだ。

帰り道、クリープハイプのＣＤをかけた。

甲高いヴォーカルが歌う、あのオレンジの光の先へ、という歌詞を聴き、ネオンサインの街を走りながら徐々に日常に戻っていく。

妻を嫌いになることにいささか疲れていた。

離婚を切り出してからも妻はいたって普通の妻だった。

別れるからといって冷たいわけでもない。妻を一切放棄しているのでもない。いつも通り妻をやっている。

「美味しい鯵《あじ》の一夜干しもらったの」なんて言いながら魚を焼き、炊きたてのご飯にしじみの味噌汁まで用意している。

今、目の前で魚の身をほぐしてくれている女性が、自分の許を離れていこうとしているのが、どうしても身体に入ってこなかった。

何時間も執筆に集中しリビングでぐったりしているときも、娘がまたミスターチルドレンのコンサートのチケットが外れた話など、たわいもない話もする。

「ミスチルの桜井さん、六十になったら持ち歌を歌うのは辛いだろうね」などとまったく関係ないことを心配している。

書斎のゴミを捨てたついでに「脚本進んでいる？」と何事もなかったように話しかけ、少し居座り、夫の話に笑ったりもする。

これは一緒に暮らす日がもう残り少ないことを意味しているのか。

もしかしたら離婚のカウントダウンが止まるボタンがどこかにあるのか……。

そんな不安と期待が心のうちで交差した。

落語「紺屋高尾《こうやたかお》」の主人公の染め物職人・久蔵《きゅうぞう》は、花魁《おいらん》道中で見た高尾太夫《だゆう》に一目惚れをした。その日から、彼女に会うことだけを生きがいに仕事に励む。そんな雷に打たれるような出会いはないものだろうか。

妻への気持ちを上書きしてくれるような人が現れればいい。

男の五十といえば、人生の季節は秋を迎えようとしているが晩秋ではない。まだまだ恋愛もできる。

女優は避けるとして、きっといい女性がどこかにいるはずだ。仕事が手につかなくなるのは厄介だが、妻を忘れさせてくれる程度の恋をすればいい。

一日、スポーツジムに行き、何も考えられないほどバーベルと格闘した後、骨董《こっとう》通りを歩いていた。

前にプロデューサーの関が、骨董通りは美人しか歩いていない、きっと検問をやっていて、美人しか入れない規制をしているんだ、と言ったのを思い出したからだ。

気がつくと青山通りから六本木《ろっぽんぎ》通りまでを二往復もしていた。

一つ先の信号に女性がこちらを向いて立っている。

何かしないと何も始まらないのであれば、思い切って声でもかけてみようか。

見た所、三十代、黒髪で、服装も派手ではなく、清楚な感じがする。信号が変わった。女性がこっちに歩き出した。

隆介は出会いの一歩を踏み出した。一歩ごとに緊張が高まる。

胸の高鳴りを抑えようと手を当てると、心臓が鋭く震えた。

と思ったら、胸ポケットのスマホのバイブだった。

遠ざかって行く運命の女《ひと》を目で追いながら電話に出ると、

「もしもし、古手川です。古手川聖子です」と聞き覚えある声。

「うあっ、どうした?」

思わず声を張り上げてしまう。

「あのー、どこかでお会いできないでしょうか? 役作りのことでご相談したくて」

「……………」


翌日、隆介は走っていた。

理由は自宅を出て駅まで来たところで、施錠したかが気になり、また戻ることにしたからだ。

大急ぎで戻ると、鍵はかかっていた。やれやれ取り越し苦労だったか、そう思ったのもつかの間、隆介は時計を見て慌てた。古手川とした約束の五分前だ。

再び走り出す。駅まで走り、電車で汗を拭い、中目黒《なかめぐろ》駅で降りてまた走る。

古手川の指定したカフェは目黒川沿いにある。ネットによると、店の窓から桜が綺麗に見えるらしいが、枯れ木が並んでいるだけで、どれが桜かわからない。

隆介は息を切らし、やっと着いた。三十分の遅刻だ。

店員に案内され、隆介は個室のドアを開けた。

「遅れちゃってごめん！」

「忙しいところスミマ……、野田さん、すごい汗」

と古手川はのけぞって驚いた。火照《ほて》りが治まらない。

「ちょっと失礼」

隆介は水差しから水を注ぎゴクゴクと飲むが、飲んだそばから汗が噴き出した。

テーブルに目をやるとカラフルな付箋《ふせん》がたくさんついた台本が置いてあった。

付箋の数だけ気が重くなる。

「撮影は順調？」と額を拭いながら言う。

「はい。東京と長野の往復も慣れてきました」つくづく女優はタフな生き物だ。

「今日は、家族を支える妻の心得を教えてください」と頭を下げた。

「演技は大堤監督に相談した方がいいんじゃないか、船頭《せんどう》多くして船山に上るって言うし」とやんわり言ったが、

「それなら大丈夫です。大堤監督が代表して聞いてきてほしいって」

と返された。

いつの間にか汗は引いていた。

「プロデューサーの関さんも、『野田の本は折れない。周りがあーだこーだと意見を言っても、最後はすべて自分の台詞でまとめてくる。そこがいいところなんだが、野

田にしかわからないことがある。本人に直接会って聞いてこい』って」と関の口調を真似ながら言い「ということでよろしくお願いします」と改めて頭を下げた。

会議で、プロデューサーや監督が、脚本にいろんな注文をつける。それをまとめるのが脚本家の仕事だが、それぞれの意見を反映すると無難なものになり、つまらなくなる。それを本が折れると言う。

「今、撮影はどの辺りまで進んでいるんだ？」

「夫婦で農業を始めたところです」

「大堤のこだわりで実際に作物も作っているんだろ。大変だな？」

「そりゃもう、手に肉刺《まめ》はできるし。『わたしは女優よ』って冬の空に叫びたくなりますけど」と楽しそうに言い「でも、一緒に同じ作業していると、息が合ってきて、夫婦になれるんです。同じ空の下で、同じ空気吸って、同じものを食べていると、気持ちが同じ色に染まっていくんです。もう、大堤演出の思う壺」と笑った。

古手川は愛嬌たっぷりのいい女房になっていた。

「最初から、夫婦には農業をさせようと思っていたんですか？」

「毎日顔をつき合わせながら生活をする夫婦を書きたかったんだ。せっかく夫婦なのにお互い何しているかわからない関係ってもったいないだろ。今の時代、そんな営みが贅沢なんだ」

「そうですよね。私も結婚したらそうしたいな」と意味深な一言を言い、「ともえってどんな妻なんでしょう」と続けた。

「うーん……」隆介が考えていると古手川も付き合って思案顔になる。

「多分……」と前置きのような間をとってから「ともえは、支え上手だ。支えるプロ」

「支えるプロ？」

「よくいるだろ。わたし、仕事してます！　ってこれみよがしにアピールする人。毎日、家に帰るとそんな人がいるの疲れるでしょ」

「手ぐすね引いて支えようとする感じですかね」と手繰り寄せる真似をした。

「そうそう」隆介は古手川の身振り付きの言い方に笑ってしまった。

脚本家になって三年目のことだった。

隆介は妻と、ある役者の舞台を観劇した。

芝居がはねて楽屋に挨拶に行くと、高名な脚本家がいた。隆介の憧憬の眼差しを察したのか、役者は脚本家を紹介してくれた。

学生時代からの憧れの脚本家だ。ドラマはすべて観ていたし、脚本集はバイブルだった。人と人の機微を描く名手で、無駄な台詞は一つもない。

「野田さん、名刺持ってないの？」

あちゃー、名刺入れを家に置いてきた。隆介が慌ててポケットというポケットをまさぐっていたとき、妻が手に何かを握らせた。名刺だった。

「野田隆介と申します」と両手を添え、頭を下げ名刺を差し出すと、脚本家は「奥さんのファインプレーだね」と笑った。あのときも妻は自分を支えてくれた。

後に、その脚本家のドラマにまったく同じシーンが出てきて、仰天したのを今でも覚えている。


古手川は店内に流れている曲に合わせ鼻歌交じりに脚本をめくっていた。

「口ずさんでいたのは誰の歌？」と聞くと、「えーと」と少し間があって、「竹原ピストルです」とミュージシャンの名前を言った。

聞いてみたくなったのは「自転車のようで実は二台の一輪車」と「全て身に覚えのある痛みだろう？」という歌詞が印象的だったからだ。

「わたし、このシーン好きなんです」古手川はそう言って付箋のページを見せた。

――一郎、出掛ける。ともえと娘が玄関まで見送る。

一郎、ともえと娘に向かって投げキッスを手のひらに載せてフーッと吹く。

ともえと娘、それをのけぞってよける。

これは、一郎が田舎に移り住み、東京での多忙な毎日から解放され、心に余裕をとり戻したシーンとして書いたものだ。

「これって野田家の話ですか？」

おしめを替えたりお風呂に入れたりした記憶は数少ないが、この投げキッスは未だに隆介の日課だ。

「さあ、どうだったかな」と首を傾《かし》げる。

古手川は、脚本を指さして、

「ともえは一郎の上をゆく妻だった……というナレーションがあるんですけど、これ、もの凄くプレッシャーを感じちゃうんです」と嘆息した。

まるで自分がこれから妻になることが不安であるかのようにも思えた。隆介は妻とのあるエピソードを話した。

娘が高校生の頃だった。妻と娘は食卓で語らっていた。

隆介はソファーに横たわり読書をしていた。海外のミステリー小説で、登場人物の名前が似すぎて、何度も読み返すうち、ただ文字を追っているだけになっていた。

それにしても、さっきから妻と娘がやたら盛り上がっている。

隆介はその話に耳を傾けてみると、あまりのおぞましさに驚いた。

娘の話の内容の殆どが悪口なのだ。

担任教師の宿題の量がえげつないとか、部活の顧問がきもいとか、友達の恋愛話が自慢にしか聞こえないとか、だった。

隆介がもっと驚いたのは、それを聞いていた妻が制することなく、大きな相槌を打ち、声を出して笑い、同じようなエピソードを語り、一緒に盛り上がっていたことだ。

きっと自分だったら「口を慎《つつし》みなさい」と叱っていた。

その晩、隆介は寝室で、妻に聞いてみた。

「なんで注意しないの？　あれじゃ口汚い大人になれって、言っているようなもんだよ」

妻は顔に何かクリームのようなものを塗りながら、

「そこが男親のダメなところなんだよね。あれは悪口じゃないよ。りえのストレス解消なの。ああいうときは最初っから最後まで聞き役に回って、全部吐き出させるの。そうしたら明日からまたスッキリして生活できるの」

「ふーん、そんなもんなのか」と感心していると、「余ったからあげる。このクリーム、美肌効果バッチリなの」と鼻の頭に塗られた。

確かに妻の言う通りだ。りえが家にいると歌声、おしゃべり、笑い声が絶えない。反抗期などなかったのは、妻が娘を支えていたからだ。

「野田さんの奥様って、プロの妻ですね」と感嘆した後、ため息をついた。古手川は、お時間まだよろしいですか、と聞いたあと、

「このシーン、物凄く盛り上がったんですよ」付箋が貼られたページを開きト書きの部分を読み上げた。

——ともえが考案した夫婦のボケ防止法。

何かクイズを即興で作って、それを思い出すまで言いあう。

例えば、昔ヤクルトにいた助っ人外国人。

同級生の母親と結婚したことで話題になった選手の名前。

「わたしから大堤監督に思い出すまでカットはかけないでくださいってお願いしたんです。そしたら、もの凄く盛り上がったんですよ」と目を輝せた。

「答えは出たの？」

「はい。最後の最後でわたしが思い出しました。井上さんのお父さんがヤクルトファンで、最初が〝ペ〟だってかすかに覚えていて、そこから二人であーだこーだって何度も掛け合いして。ペタジーニがやっと出ました」とシーンのやりとりを楽しそうに話した。

「わたし気づいたんです。こんな単純なことに幸せが宿っていて、それを一緒に繰り返しながら生きて行くことが夫婦でいることなんだって」

古手川のおかげで、妻とのやりとりが蘇ってきた。

あれは九〇年代初頭の冬だったと思う。新宿の家電量販店の前を通ったときのことだ。

世間に携帯電話が少しずつ普及し始めた頃で、妻は店頭の陳列棚に並んだ携帯電話に隆介が目をやったのを見逃さなかった。

「買っちゃいなよ。仕事でいるんでしょ」

「いいよ。保証金もかかるし、電話代だって高いし」

「だから、その分、稼げばいいじゃん」

赤いはっぴを着た店員が「今日お持ち帰りできますよ」と営業スマイルを見せた。

その晩、我が家の食卓に一台の携帯電話が鎮座していた。

「これが携帯か」と妻は食卓に両肘をついてまじまじと眺めていた。

「モトローラのが欲しかったんだ。この折りたたんだときの音がいいだろ」隆介が携帯電話をパカパカと開閉させて得意になっていると「わたしも」と妻に横取りされた。

あの頃、携帯電話にときめいた感情は今でいうと何にあたるんだろう。スマホどころの騒ぎじゃなかったと思う。

「ごめんな、欲しいコートあったんだろ」

妻は首を横に振った。隆介はそんな妻を不憫に思い、

「いいドラマたくさん書いて、コートをプレゼントするから」

と力強く言うと、妻は笑いだした。

妻は顔を真っ赤にして、「ごめん、もう買っちゃった」と顔の前で手を合わせ、

「だから、頑張って仕事してください」

と言った。

無邪気に笑う妻の顔を見て、

「この人のためにいいドラマを書きたい」

そんなことを心のうちで思った。

古手川はハーブティーを一口飲むと、ドラマの台詞を声にした。

ともえ「私たちはダメなことの価値観が同じだから上手くいくのよ。

好みが一緒よりずっと大事なことだと思う。

足を組んで食事する人、嫌でしょ。私もそうだもの。

そんなことが一緒な夫婦は困難も乗り越えられる。絶対に」

「恋愛は価値観が同じだと盛り上がるけど、ダメな価値観を共有しながら歩んで行くのが夫婦なんですよね」

「それだけ解釈できているんだから、きっといいともえを演じられるよ」と隆介が言うと古手川は満面の笑みを見せ、

「野田さん、結婚っていいもんですか？」

古手川は、幸せがこぼれ落ちそうなくらい笑みをたたえ隆介を見つめた。

この先、自分たちの結婚に向けて道標をくださいと言っているようにも見える。

離婚を切り出された男が何て答えるべきなのか？

「結婚っていうのはさ……」

古手川が身を乗りだす。

隆介は立ち上がり、扉を開けた。

「どうかしました？」

「コーヒーをお代わりしようと思って……」

「すみません、気が付かないで」そう言うと古手川は出て行ってしまった。

一人きりの個室で隆介は、古手川の言葉を思い出した。

――結婚っていいもんですか？

この言葉から浮かぶのは妻の顔だった。

少し経って古手川はトレイにポットを載せて戻って来た。

「わたしも飲みたいんで、ポットに入れてもらいました」

古手川は隆介にコーヒーを注ぎながら、

「なんかすみません。立ち入ったことまで聞いちゃって。野田さんに結婚っていいもんですかなんて聞くだけ野暮《やぼ》ですよね」

「結婚はもの凄くいいもんだよ。日常に溶け込むように潜んでいるから、気づきにくいけど、こればっかりは結婚した者にしか感じられない感情なんだ」

古手川は瞬きもせずに頷くと、脚本に何かを書き込んだ。

今日、古手川がメモをとったのはそれが初めてだと思う。

多分……。

6　ファミリーラブストーリー

日常に潜む幸せは、シロップに砂糖が溶け込んでいるかのごとく、目には見えない。

水分が蒸発し結晶が現れて初めて、この甘さは砂糖のお陰げだと気づく。幸せも失いかけて、妻がいたからだと気づくように。

家を出よう。隆介は、スーツケースを閉じ、キャスターを転がし書斎を出た。幸せにしたい人がいるのに、その役目はもう自分ではない。離婚するその日まで一つ屋根の下で暮らすのは辛いだろう。

隆介はキッチンにいる妻の背中に、

「家を出ようと思うんだ。少し距離を置いて俺も考えてみる」と言うと、妻は振り向くとエプロンで手を拭き、「そっか、わかった」目を見ずに小さく頷いた。

「離婚をお願いしたのはわたしの方だから、それ以外は隆介に従うね。本当は出て行かなきゃならないのはわたしの方だし」

「でも、離婚を快諾したってわけでもないからな」つい、煮え切らない気持ちが口をついて出た。

「それもわかってる。少し距離を置いて考えてみるんだよね。ありがとうございます」と頭を下げる。

「それは出て行ってくれてありがとうなのか、気を遣ってくれてありがとう……」と妻に指を向けて言ったが「まあ、いいかそんなこと。とにかく少し一人で生活してみる」と踵を返し歩き出す。

「夕飯、食べていかないの？」と妻の声を背中で聞いて、

「うん。いいや」と答えた。

「そう。わかった」妻は隆介の代わりに玄関までスーツケースを運んでくれた。

妻が靴べらを差し出したが、今日に限ってすんなり履けた。

目と目があい短い沈黙が流れた。

「じゃあ、また」そんな気軽な挨拶で家を出ようとしたら、勢いよくドアが開き、誰かの肩が隆介に当たった。

「あれ、旅行？」息子だった。

「痛いし、違うよ。もっと静かに帰ってこられないのか」

「お父さん、少しの間、仕事場に泊まり込んで仕事に集中することになったの」と妻

が言う。

「そっか。書けないこともあるんだ」

「お前こそ、なんで帰ってきたんだよ」

息子がわかりやすく作り笑顔になる、妻はすかさず、「金欠による、里帰りでしょ。うちはガソリンスタンドじゃないんだよ」と腕組みして言った。

「理系はさ、バイトできないんですよ。留年するよりは安上がりなんですから」

「だったらイチゴだかバナナだかっていうバンドなんかやってるんじゃないよ」

「リンゴトーンだって」とトーンを二つ上げて言った。

「ご飯まだなんでしょ。お父さんのが余っているから、ほら、上がんなさい」

「だったら俺も食べて行くことにする。お母さんは雅治に甘いよ」と口を尖らせる。

妻と息子が吹き出した。

「もう。ご飯、炊かないと」と妻はスリッパをパタパタさせてキッチンへと戻っていった。

家を出て行くのは明日にするか。

仕事場として借りたマンションは1DKの部屋だ。

小さなキッチンとユニットバスもある。打ち合わせに使っているソファーがソファーベッドなので、寝起きするには問題なしだった。

傷つくのが嫌で家を出たはずなのに、すんなり一人暮らしが始まると、それはそれで傷ついた。

そもそも、離婚を切り出された方がなんで家を出るんだ。

窓を開けると冷たい北風が入ってきた。慌てて閉める。

来客用のコートハンガーに衣服を掛けただけで、一気に生活感が漂った。隆介はそれを睨みながら思った。

きっと、執筆に追われながらの生活は乱れに乱れて、部屋は散らかり放題、洗濯物はたまりっぱなし、あっという間にゴミ屋敷と化すだろう。

食生活も偏ってしまい、身体も壊し、挙句にドラマも失敗。

中年男の惨めな一人暮らしがきっかけで、落ちるところまで転げ落ちるだろう。

締め切りはとっくに過ぎている。

さっきから何度も催促と思われる電話が鳴っている。

なんだか腹が立ってきた。

隆介はパソコンに向かい、ともえの台詞を打ち込んだ。

ともえ「わたしと別れてください」

ドラマの中の妻に離婚を切り出させた。

隆介は何かに取り憑かれたようにキーボードを叩いた。

会社が倒産し、みすぼらしい家に移り住んでも妻は明るく夫を支えた。

しかし、最近、夫の愚痴が多くなり、一向に前に進もうとしない。

そんな夫に愛想を尽かし、妻は別れの言葉を切り出し、家を出た。

一郎には悪いと思いつつ、道づれにさせてもらう。

いきなりの妻の行動に驚く夫。オロオロする夫の話ならいくらでも書けた。

隆介は恐ろしい集中力で書き続け、締め切り分どころか、二話先まで書き上げていた。

気が変わらないうちにメールで関に送った。

家を出て一週間が経った。落花狼藉の有様かと思いきや、部屋はきれいに片付いている。

むしろ快適な生活を送っていた。

脚本に煮詰まると気分転換に掃除をし、少し間をおいて机に向かうと筆が進んだ。

何時間も根を詰めた後は、書いたところまでをプリントアウトして、洗濯物をコインランドリーに持っていき洗濯機が回っている間に推敲する。すこぶる効率がいい。南青山という場所柄、食事代は高くつくが、美味しい定食屋も見つけた。先日、数名の仕事仲間が仕事場に遊びに来た。

隆介はデパ地下で食料を買い込み、客たちをもてなした。妻にいちいち断りを入れる必要もない。

最近のデパ地下には世界中の惣菜が並んでいる。一人暮らし用に小分けして売ってもくれるし、パーティー用の大皿料理もある。

安い酒をあおってドラマ論を闘わせていた二十代と違って、同年代の連中と健康の話で盛り上がったり、若い女性たちの愚痴を聞いている自分がいた。

もしかしたら一人で十分やっていけるのかもしれない。

家族がいなくても楽しく生きていけるのかもしれない。

客たちが帰った部屋でほうじ茶を飲みながら、余韻に浸っていたらスマホが震えた。

妻だ。直感的にそう思った。

メールを開くと、携帯電話会社からのメールだった。

翌日、隆介は朝のうちに仕事を片付け、少し散歩をして、定食屋で塩鮭定食に舌鼓を打ち、鮭の皮はなんて美味いんだろうとほくそ笑み渋谷まで歩いた。

関から「別れ話を切り出すなんて、予想外の展開に脱帽だ！」と興奮気味に電話が来たとき、隆介は家電量販店にいた。

「大堤もこの方向で行きましょう、と言っている。夫の台詞にリアリティーがあるんだよな」その言葉に「うん、うん」と小刻みに相槌を打った。

「なんでともえはいきなり離婚を切り出したんだ、なんか理由があるんだろ？　聞いてる？　さっきからガーガー音がうるさいけどどこにいるんだ？」

「渋谷。ちょっと欲しいものがあって」昨日、テレビで紹介していたイギリス製のサイクロン式掃除機を見ていた。

関との電話を切ったあと、隆介は掃除機を購入した。

決め手はなんといっても、恐しい程の吸引力だ。

これで、焦燥まで吸いとってやろう。

ついでにオーディオフロアにも足を伸ばし、レコード・プレーヤーを物色した。

時間ができたらレコードでも集めようと思っていたが、それが今できるのだ。

思い切って本格的なオーディオセットを一式揃える手もあるか、と店員に相談してみる。

部屋の広さと、今あるスピーカーのタイプを告げると「アンプと一体型のがありますよ。それで十分いい音が楽しめますよ」と手頃なものをすすめられた。

光沢のある木目調のものでインテリアとしても悪くない。

レコードのセレクトに関しては知り合いの脚本家に詳しい男がいるので聞いてみよう。

そう言えばあいつも独身だ、連絡してみようかと思ったところで我に返った。

これじゃ、一人暮らしを謳歌《おうか》しているじゃないか。

ドラマの中の夫は、妻が出て行ってしまいオロオロしているというのに、隆介は独身になる準備をしている。

隆介は店員に「やっぱり、妻に相談してからにする」と小さな嘘をつき店を出た。

渋谷から南青山の仕事場に戻り、ウエスを濡らして丁寧に机を拭き、パソコンを立ち上げ、ここからどう展開していこうか、と脚本に取りかかった。

ここ数日、ドラマの夫婦への嫉妬の情念で書いた箇所を読んでいるうちに、一郎が不憫に思えてきた。妻と娘が出ていった家で、ひたすら家族の帰りを待ち侘びている。

朝から一人で畑を耕し、夜は屍のように部屋の片隅でじっとしている。

せめて、やり直すきっかけを与えてやりたい……。隆介は一郎の気持ちに寄り添って考えた。

一郎はともえに支えられてたからこそ頑張れたのだ。

ドラマの中で「別れてください」と切り出したともえは、娘と東京で暮らし始めた。


――一郎、電車に揺られ東京に向かう。

席の脇に段ボール箱。収穫した野菜が入っている。


語り　何かの縁で出会った男と女が、同じ希望を見つめ歩き出す。

それを夫婦という。

時間が経つと夫婦の見る方向は少しずつズレてくる。

何かをきっかけに、ピントを合わせることができるとその夫婦はまたやり直せる。


「いいな、こんな夫婦……」

早く続きが読みたい。関からメールが届いたのは翌日の夜だった。

文中に主題歌のデモテープができあがったと書いてある。タイトルは『ファミリーラブストーリー』。

　夫婦愛、家族愛がちりばめられた歌だという。

　隆介は「今から一杯やらないか」と返信した。


「バーのカウンターはさ、人生の勉強机なんだよね」とサラリーマンの男が彼女に囁いている隣で、隆介はデモテープを聴いていた。そのバーは入り口から一直線にカウンターが延びている。十人はゆうに座れる、天然無垢《むく》の一枚板だ。

　隆介はイヤフォンを外し、それを関に返した。

「どうだ、いい曲だろ」

　ヴォーカルの濱埜銃一のしゃがれた歌声が大人のラブソングに仕上げていた。

　隆介は「最高の曲だ」と頷いた。

「話ってなんだ」乾杯した後、関は早速聞いてきた。

「驚かないで聞いてくれ」

「もったいぶるね、締め切りを過ぎてる脚本家が」

　関の嫌味を無視して切り出した。

「実は……妻に離婚を切り出された」

　関は「マジか」と驚いた後、それであの脚本だったのか、とまた驚き、全てを悟ったようにじっと隆介の顔を見つめた。

「こんなにいい曲ができたのにすま……」と謝りかけたところでにやりと笑い手を握られた。

「独身の世界へようこそ」

「えっ、いいのか。ドラマに影響は出ないの……か」

「まさか、ドラマの夫婦も離婚させる気じゃないだろうな」

「それはさせない。あの二人はいい夫婦だ」

「だったらいいんじゃないのか。寺の住職がクリスマスを祝うこともある。人それぞれだろ」意外にもあっさりと関は受け入れた。

隆介はこれまでの経緯を話し、脚本が書けずにいたこと、おまけに何もかも忘れようとジムに通っていることなども洗いざらい話した。

「で、いつするんだ？　もう家は出たのか」

「………」

「どうした、慰謝料をふっかけられたのか？」

「いや。なんとか回避しようとしている……」

関は口をあんぐりと開けたまま固まった。

「独身はヘブンなのにヘィブンしてどうする。世紀のミスジャッジだ」としたり顔で言う。

「ちっとも上手くないし、独身のお前に何がわかるんだよ」

「いいか、落ち着いて離婚した自分をイメージしてみろ。パラダイスじゃないか。今時、ハリウッド映画に出てくる夫婦はほとんど離婚しているぞ」

「離婚した元夫が週末、別れた女房の家に子どもを迎えに行くと、新しい夫に出迎えられて、子どもがリュックに着替えを詰めている姿を二人はイチャイチャしながら見守っていて、元夫は所在なくそれを眺めている。そんなの耐えられるか」

「どうしてお前はそっちを想像するんだよ。もっとバラ色の独身をイメージしろ。新しい恋人と週末デートする方だよ。五番街のイカしたレストランでディナー、その後、彼女の家で飲もうってことになってさ」

付き合いきれず隆介は関に背を向けると、隣のサラリーマンが飲んでいるのはソフトドリンクだった。よくもしらふでハードボイルドな台詞を吐いていたな、と啞然とした。

「おい、こっち向け。いいか。野田くらいの歳の男が今一番モテるんだ。離婚経験者っていうことで俺なんかより箔《はく》がつく。人生経験も豊富だし、金だってある。ほどよい名声だってある。なんてったって世間体を気にせず堂々と恋愛ができるんだぞ。そうしたら恋愛ドラマだって書ける。野田なら絶対いい作品書きそうだ。その時は俺にプロデュースさせろよな」

「だから離婚はしないって言っているだろ」隆介の声に数名の客がこちらを見た。

二つ隣の女性と目が合った。「お久しぶりです」と顎の辺りで手を振っている。

隆介が目を細めるとシェードランプの灯りの先に知っている女性の顔が浮かび上がった。

『クアトロガッツ』の編集者の雨宮草子だ。

雨宮の連れが帰ったところで、関が一緒に飲みましょうよと誘い、三人はカウンターから奥のテーブルに席を移した。

「野田さんが離婚をねぇ」

雨宮は水割りグラスの水滴を美しい指でなぞりながら言った。

関はまるでドラマのあらすじを語るように、隆介の狼狽《ろうばい》ぶりを語った。雨宮は何度もなるほどね、と相槌を打った。頷く度にこの話に興味が湧いているようだ。

関が一通り説明を終えると雨宮は「はい」と手のひらを顔の横に挙げて発言を求めた。

「どちらかが別れたいと言った時点で、一緒にいる意味はないと思います」

関は自分の仲間が増えてにんまりしている。

「でも……」

「でもなんすか？」雨宮は隆介をからかうように首を傾げ言った。

「もしかして妻の選択は間違っているかもしれない。今はそこを探っている時期というか」

「じゃあ、選択が正しいと思えたら離婚するってことですよね」

「まあ……」

「野田さん、もしかしてそういうのを愛情だと思ってません？」

「だって、一時の感情で言い出したのかもしれない。もしそうなら、きっと妻は後悔する」と隆介は雨宮ではなくグラスに向かって言った。

「それは愛情じゃありませんよ、それは執着。愛情と執着は違うんです」

「いいぞ、いいこと言う！」

関は我が意を得たりとでも言わんばかりにグラスをかかげた。完全に離婚推進派のペースだ。

「別れてみてわかることだってあるんですよ。夫婦でいるより相手の良さに気づくこともあるんです。私がそうだから」と微笑みながら手を口元に添えた。

左手の薬指にある指輪がキラリと光る。

まだ授業で習っていない教科書の先のページのことを言われている気分だ。

「そうは言うけど、雨宮さんだって執着してんじゃん。今も前の夫を想って指輪をしているでしょ」隆介も酔った勢いで反論したが「これは魔除《まよ》けです。変な男がよってこないように」と軽くいなされた。

離婚した女性の薬指の指輪は、シーサーか。

「不思議なもので、今が元夫と一番いい関係なんです」

「出ました！　別れた夫と今が一番いい関係発言」と隆介は嫌味を言ったつもりだったが、雨宮はそれを無視して続けた。

「たまに二人で会って食事をしながら近況報告しあうとリフレッシュできるんです」

家庭にも縛られず、妻としての役目にも縛られない。

それでいて長年連れ添った仲だし、お互いのことは知り尽くしているから気兼ねしない。

一人の人間として元夫といるのがしっくりくるのだという。

「元夫こそ、良き理解者なんです」

まるで『くびれ美人で小娘に勝つ！』といった女性誌の見出しのような言い分だ。

そんな都合のいい離婚があってなるものか。離婚はもっと卑しいものなんだ。

と隆介は心のうちで全否定してみた。

「野田さんもきっとそういう関係を奥様と築けますよ」

今はその一歩を踏み出す気になれない。

「一言言わせてもらいますけど、雨宮さんはお子さんがいないから、別れた旦那さんとそういうことができるわけですよ」

雨宮は笑みを浮かべ「だったら野田さんのところも一緒よ、お子さんはもう大学生でしょ。かすがいの時期はもうとっくに過ぎてるから、子どもがいない夫婦と一緒です」隆介が投げた渾身《こんしん》の一般論は雨宮に軽々と打たれた。

ここはブレイクを入れようと隆介がトイレに立ったとき、太ももに激痛が走った。筋肉痛だ。一昨日のトレーニングのツケが今ごろ来た。二、三歩歩いては立ち止まってしまう。

「どうしたんですか？」

「スポーツジムで運動したから、くくく……いてて」

「なに？　身体鍛えてるなんて、野田さん、独身を謳歌する気満々じゃないですか」

「違うんだよ。こいつ運動でもしないと奥さんのこと考えちゃうんだって」

「どこまで、未練タラタラなんですか」と雨宮が甲高い声で突っ込む。

隆介は足をさすりながらへらへら笑い、出番を終えた役者が舞台袖にはけるようにトイレに消えた。

気がついたら客の殆どが帰っていた。

グラスの氷はもう溶けてほぼ水になっている。

「野田さんが別れたくない理由はなんですか？」

雨宮は肘をついた手でグラスを回しながら聞いてきた。

「奥様のためとか、そんな逃げの理由はダメですよ」関に助けを求めようと目配せをしたが、寝ていた。

「すみません、ウイスキーお代わりください。二つね」雨宮はまだ帰らない気だ。よし。別れたくない理由をちゃんと言えたら、離婚を回避できるんだな。雨宮をうならせる言葉を思案した。

「多分……」

「多分とかはダメ」

目が据わっている。

「…………」

口が渇いてきた。隆介はウイスキーをちびちび舐めながら自問する。自分はなぜ妻と別れたくないのか。頭の中にある思いを言語化すればいいだけだ。言葉よ降りてこい。

そうか。自分にぴったりの言葉が見つかった。

「別れたくないんじゃなくて、やり直したいんだと思う！」

「そんな言い分、奥様は納得しないと思います。野田さん、脚本家ですよね。やり直したい～なんて、てんでダメ。そんな言葉じゃ妻の心は動きませーん」

一蹴された。かかってこい！　みたいな顔つきの雨宮を前に、焦り、ムキになる。これならどうだ。

「おれは勝手に、仕事は自分、家庭は妻という役割分担をしていた。でも脚本家として頑張れるのは妻の支えがあったからで、ドラマの中に妻への感謝を込めていた。この先はそれを妻に直接向けていきたい。今まで照れてできなかったことを反省して、夫婦をやり直したいんだ」

隆介はきっぱりそう言って雨宮を見た。

「零点！　そんな独りよがりなのは理由になりませーん」と雨宮は勝ち誇ったようにウイスキーを飲み干した。

これがダメなら何が正解かわからない。もう降参だ。誰かタオルを投げてくれ。

「野田さん」と雨宮は、呂律が回っていないながらも、姿勢を正し、隆介の目を見ながら語りかけるように言った。

「お気持ちは充分にわかります。別れたくないって感情に理由なんてないですものね。でも、野田さんの物言いには、一つ足りないものがあります。それは自分で気づかなければ意味のないことなんです。わたしがそうだったから……」

グルグルと世界が回っていた。

それは、酩酊しているせいなのか、雨宮の言葉のせいなのかはわからなかったが、一つ言えることはどうやら、別れてみるとわかることがあるらしいということだ。

グルグルと世界が回っていた。

泥酔した関をタクシーに押し込み、やっと仕事場にたどり着いたのは深夜二時を回った辺りだった。

隆介はペットボトルの水をガブガブと飲み、ため息をついた。

パソコンのスイッチを入れ、立ち上がるのを待っていたら、大きなあくびが出た。

首を二、三回回し、右手の拳で左の肩を叩きながら、雨宮の言葉を思い出す。

隆介は思うままにキーボードを叩いた。

自分が離婚したくない理由は――、

○夫婦のエピソードや妻の言葉はドラマを書くのに不可欠

○暇になったら妻と一緒に過ごしたい

○妻のこれからの人生や仕事を、夫として応援したい

足りないものはなんなのか？

何に気づけばいいというのか？

この気持ちをストレートにぶつけたいが、できない自分がいる。

酔いも手伝って、脚本に、一郎「別れるのは嫌だ！　絶対に」と書いたが消した。

妻の気持ちを理解しようとしなければ、前に進めないということもわかっている。

自分は何に怯えているのだろう。

ドラマだって、じっくり考えれば、台詞が出てこなかったことはない。

離婚したくない理由だってそうだ。必ず出てくるはずだ。

アルコールがどっぷり沁みた脳で自問自答を繰り返す。

深夜のテレビから、地球の人口がどうのこうの、同じ学校や職場の人と出会う確率とか、友人、親友、恋人に出会う確率がどうのこうのという番組が流れていた。

ゆっくりと意識が遠のいていった。

グルグルと世界が回っていた。


午前中のニュースで気象予報士が、今朝、初霜が降りたと伝えていた。例年より一週間も早いらしい。仕事場の窓から見下ろすと行き交う人のほとんどが防寒着だ。

隆介も、どこかのタイミングで家にダウンジャケットを取りに帰ろうと思った。

パソコンにメールが届いた音がした。雨宮からだった。

差出人　雨宮草子
件名　インタビュー原稿ご確認のお願いです

宛先　野田隆介

昨晩は楽しいお酒をご一緒させていただきありがとうございました。

さて、お待たせしておりましたインタビューの原稿が上がりましたのでご確認ください。

ＢＡＲでのお話を伺ってから、この原稿を読みますと感慨深いものがありますね。奥様とのエピソード、想いは改めて野田作品に欠かせないものだと感じました。

ＰＳ　昨日は酔った勢いで生意気なことを言ってしまい猛省しております。余計なお世話かと思いますが、離婚者を対象にした一風変わった料理教室を開いている知り合いがいます。そこで様々な離婚経験者の話を聞くことができるので、もし興味があればお申し付けください。ではまた飲みましょう。

雨宮草子　拝

7　うちと一緒だ

代官山にある小さなイタリアンレストランに隆介が顔を出したのは木曜の夜七時を回った辺りだった。

「都内の飲食店と契約をして、お店がお休みの時に使わせてもらっているんです」そう言って吉田典子《よしだのりこ》は名刺を差し出した。肩書きは弁護士とある。

「普段は弁護士をしております」

「離婚の？」

「それ専門ってわけではないんですが、最近は別れるお手伝いをさせていただいてます」と笑顔で言った。笑うとえくぼができる。

「雨宮草子さんに聞きました。野田さん、今度、離婚のドラマを書くんですって？」

先方にはドラマの取材ということにしてあります、と雨宮からのメールにあったので、

「ええ、まあ、構想中というか」

と話を合わせた。

「どんなお話なんですか？　あっ、ごめんなさい。そういうのは言っちゃいけないんですよね」と口にチャックをする真似をする。

妻に離婚を切り出された男の話です、と喉元まで出かけたが飲み込んだ。

「円満な夫婦ばかりお書きになる野田さんがね」と腕組みしながら言い、

「でも楽しみだわ」

と頷いた。

「改めて、今日はよろしくお願いします」と隆介は麻の袋に入れた白ワインを差し出した。

吉田は「きゃっ」と少女のように声を上げて喜ぶとワインのラベルを見て「まあ、オレゴンワイン」と眉を上げて笑顔を見せた。

「安いやつだけど、美味しいんです」

吉田は微笑むとワインクーラーに白ワインを入れ、

「これはあとでみなさんと頂きましょうね」と代わりにコーヒーを差し出した。

「わたしはどんなことをお話しすればよろしいかしら」

「熟年離婚ってよく聞きますけど、子育てが済んだ妻から離婚を切り出すケースって多いんですか？」

「はい。多くなっているのは確かです。最近は、団塊の世代よりも若い、昭和四十年代の妻たちの離婚も増えているんですよ」

　まさに妻の世代だ。我が家はちっともレアケースではないと実感した。

「その年代の方々の母親たちの影響もあるんでしょうね」

「と言うと……」

「あの頃の母親たちは自分から離婚を言い出せなかったんです。男女雇用機会均等法よりずっと前だから、専業主婦が多い。つまり離婚しても自立するのは難しい。そして、世間の目も気になる。離婚を諦めたのに『自分の人生こんなはずじゃなかった』と、娘には愚痴を言ってしまう。そんな母親の姿を見て、自分はこうなるものか、と離婚に踏み切る方って多いんです」

　腑に落ちる話だった。自分も母親と会う度、父の愚痴が始まる。「そんなに嫌なら別れればいいじゃないか」と言うと、母はきまって顔色を変え、自分を卑下する話を始め、最後は「年老いたお父さん残して出ていけないでしょ」と父を気遣うふりをする。いつもその繰り返しだった。息子ならうんざりしながらも聞き流せる話かもしれないが、娘は、そんな母に自分の未来を重ね合わせてしまうのか。

「離婚した女性は幸せになっているんでしょうか？」

「それは人それぞれね。幸せかどうかは他人が決めることでないし。ただ夫婦のままでいるより、離婚してよかったという方は多いです。女性は特に」

隆介が言葉に詰まっていると、吉田は少し間をおいてこう言った。

「世間はバツイチとひとくくりにしますけど、離婚の数だけドラマもあるんですよ。この世に同じ離婚なんてないというのが私の持論です」

「やっぱり離婚っていうのは、泥沼になってしまうんですか？」

「わたしは泥沼系の方はお断りしております。離婚裁判って、相手を叩きのめそうと思えばできちゃうんです。でも相手に感謝しようと思えば、そうもできるんですよ。強いて言うと、わたしの専門は気づかせてあげる離婚、かな」

「それは、自分のいたらなかったことを気づかせるってことですか？」

「いえ」と吉田はかぶりを振り「相手の本当の良さです。離婚するのに今更、と思うでしょ。でも、そこに気づかないと次に進めないんです」

「泥沼離婚より難しそうだ……」

「ですよね」と吉田は肩をすぼめた。

隆介と吉田はオープンキッチンが見えるテーブル席に座った。

厨房では仕事帰りと思われる四人の男たちが料理にいそしんでいた。

「みなさん離婚者……ですか？」隆介が小声で聞くと吉田は頷き、

「はい。離婚して相手の良さに気づいた方たちです」

と言った。

ごま塩頭の男、顎ひげの男、背の高い男、ネクタイの男がいるが、皆、年齢はまちまちのようだ。

「毎日、何十万人もすれ違う街角で知り合いでもないのに出会って好きになって結婚するって奇跡だと思いません？」

「奇跡……」

「そう、夫婦って奇跡なんです。そこから家族が増え、どんどん奇跡は膨らんで行くのに、憎しみあって終わらせるのって悲しいでしょ。だからもし別れるなら相手に感謝して別れてほしいんです。随分お節介な弁護士でしょ」と笑った。

吉田はキッチンに向かって「みなさん」と声をかけ、

「本日の特別ゲストの野田隆介さんです」

とテレビ司会者のように言った。

四人の男たちは手を止め会釈をした。

「突然お邪魔してすみません」と隆介は頭を下げた。

「いつ紹介してくれるのか待っていたんだ」とごま塩頭の男はビールを口にした。

「ドラマ拝見してますよ。いつも離婚したこと後悔しちゃうけど」と隣の顎ひげの男が言った。自分が招かれざる客ではないことがわかり安心した。

吉田は「料理しているところご覧になります？」とキッチンに足を進めた。

「笹本《ささもと》さん、今日は何？」

ごま塩頭の男が「俺はサーモンと大根のバターソテー」と鮭に下味をつけながら言った。

「辰巳《たつみ》さんは？」

顎ひげの男は「僕は梅干しと豚の角煮」と言い、中嶋《なかじま》という背の高い男は「トマトとバジルのグラタン」、ネクタイ姿の木月《きづき》という男は「イカとビーフのミートボールのトマト煮です」とこたえた。

吉田は「イカとビーフって実は相性抜群なんですよ」と隆介に言い、木月にはミートボールの中にイカのみじん切りを混ぜてみたらと提案した。歯応えに変化が出るらしい。

女性弁護士が離婚した男たちに料理を教えている。不思議な光景だった。

「なんで料理を教えているんですか？」

「ここではみなさんに相性のいい料理を各自考えて作ってもらうんです」

隆介が相性のいい料理の意味を考えていると、吉田はこう付け加えた。

「どんな食材にも相性のいい食材があって、それを知って作ると美味しい料理ができあがるんです」

「味付けよりも？」

「はい。腕のいい料理人は料理が上手なのではなく、食材と食材のお見合いが上手いってとこかしら」

「サーモンと大根も相性がいいんですか？」

ごま塩頭の男は小麦粉を付けた鮭の切り身をバターで焼いていた。ジューッという音と香ばしい匂いがたちこめた。皮がカリカリに焼けたところで仕上げに白ワインをかける。すべてが一つに溶け合ういい匂いがした。

ごま塩頭の男は焼きあがったサーモンを取り出すと、フライパンに残ったソースに、大根の輪切りを入れた。バターと白ワインが混ざったソースをスプーンで念入りに大根にかけながら焼く。ソースが大根に染みてゆくのがきつね色に変わることでわかった。

「相性がいい理由、気づきました？　日本人の大好きな焼き鮭の横に添えてあるものといえば」

「大根おろし！」

「正解！　鮭に大根おろしが合うなら、ソテーしても絶対に美味しいって笹本さんは発見したの。そうですよね」

「そうなんだ。鮭定食を食べていたときに閃いたんだ」とごま塩頭の男はウインクした。

それにしても美味しそうだと、胃袋が鳴った。

「どの食材も互いに支え合っている、夫婦みたいにね」その言葉にハッとさせられた。

「お互いが相性のよさに気づいていたら、夫婦も別れたりしなかったんじゃないかなって」

隆介が言葉を噛み締めていると、「今の台詞、ドラマで使うときは、主人公はわたしの名前でね」と吉田は言った。

吉田は法廷に立つ弁護士のように的確に説明してくれた。

梅干しと豚の角煮は、梅干しと一緒に煮ることで豚が柔らかくなる。

トマトとバジルは、お馴染みの組み合わせだが、その相性は料理だけでない。栽培のとき、隣同士で植えておくと互いを狙う害虫が寄り付かないという。

イカとミートボールは、古くからのスペイン料理の定番で、バルでよく見かける。イカをミートボールに混ぜることで歯応えを楽しめる。肉の奥にある旨味を引き出してくれる。などなどと、相性が互いを支え合い、美味さを倍増させてくれるという。

「もう離婚しちゃった人に、相性が必要なのはどうしてですか？」

「そりゃあ、新しい出会いこそ相性は大切でしょ。そして、一番気づいてほしいのが離婚した相手の本当の良さ」と吉田は凛《りん》として言い切った。

隆介は自分のことばかり考えていて、妻の良さに気づこうとしていない自分に気づいた。

「どうしたんですか、考え込んじゃって？」

隆介の視界に吉田の顔が飛び込んだ。

「少し、離婚の印象が変わりました」

「言ったでしょ、この世に同じ離婚なんてないって。さ、お食事しましょ」と吉田は手を大きく叩いた。

店内の一番大きなテーブルに、相性のいい料理が湯気を立てて並んだ。

「野田さんからの差し入れです」と吉田は冷えた白ワインをワインクーラーから取り出しかかげた。

吉田が白ワインを手渡すと、顎ひげの男はワインオープナーで栓を開け、その他の男たちは取り皿にそれぞれの自慢の逸品を盛りつけた。

美味しい料理は舌を滑らかにする。お互いの仕事のこと、最近どんな出会いがあったかなど話題は多岐に及んだ。

隆介は背の高い男のジャガイモとコーラの相性が悪かったという話に笑った。

「ポテトチップスにはコーラがつきもんだろ。その発想で、コーラでジャガイモを煮込んだらものすごくマズくてね」

料理はどれもプロ並みの味だった。相性の良さがこんなに旨さに関係しているとは思わなかった。

「せっかく野田さんがいらっしゃるんだからドラマの話を聞かせてもらってもいいですか？」と吉田がワイングラスをかかげ言った。

「どうぞなんでも聞いてください」

「原作とオリジナル脚本って、どう違うんですか？」ネクタイの男が聞いた。

「そりゃ、原作の方が楽なんじゃないか。もう話があるわけだし」とごま塩頭の男が口を挟んだ。

「原作者が生みの親なら、脚本家は育ての親って感じです。わたしはほとんどがオリジナルです」

「こだわりでもあるんですか」とネクタイの男が聞いた。

「小心者なんで、原作者の書いたものを変えられないんですよ。完成したドラマを観て不愉快な思いをされたらどうしようとか、解釈が違っていないかとか、どうも気にしてしまって」

「俺だったら本が売れるようにどんどん変えちゃってくださいって言いそうだけどな」とごま塩頭の男が言うと一同が笑った。

「じゃあ、ホームドラマが多いのは？　野田さんが書く時代劇も面白そうだけど」とネクタイの男が聞いた。

「そこも小心者で、殺陣《たて》の場面が書けないんです。チャンバラで斬られた人にも家族がいて悲しむんじゃないか、とか考えちゃんですよね」

「それは気が小さすぎる」と顎ひげの男が突っ込んだ。

隆介が差し入れした白ワインが空いた辺りで吉田が言った。

「それでは、みなさんの離婚話を野田さんにしてもらえます？」

口火を切ったのはごま塩頭の男だった。

「俺は妻に浮気がばれまして……」

ある日曜の夜、ごま塩頭の男は妻と晩酌しながら一緒にテレビで映画を観ていた。あまりにも夢中になり空いた水割りのグラスを妻に差し出し、

「もう一杯飲んだら帰る」

と言ってしまった。

つい浮気相手の家にいるときの一言を妻に言ってしまったのだ。

グラスの先にあった妻の恐ろしい顔が今も忘れられないという。

ごま塩頭の男がやらかしたのは、それだけではなかった。

その数日後、妻と一緒に車に乗っていると、携帯に電話がかかってきた。

電話はそのまま自動車のハンズフリーに接続され、液晶テレビに着信・まみちゃん

と表示されるという失態をやらかした。

まだあった。奥さんには仕事だと偽り、彼女と映画に行ったが、それもすぐばれた。頭の上に3Dメガネを載せたまま帰宅してしまったからだ。

「今も思い出しただけで冷や汗が出てくるよ」と言い、

「でも、妻は許してくれた。離婚された理由は『わたしがいるとあなたがダメになる……』なんか演歌の歌詞みたいな話でさ」とごま塩頭の男は頭をかきながら言った。

離婚してみると、浮気相手に対する思いは魔法が解けたように消えてしまったという。何度も妻に謝り、復縁を願ったが、妻は首を縦に振らなかった。

「調子に乗っていたんだ。結局は妻の手のひらの上で粋がっていただけだった。そんなこと妻を失って初めて学ぶなんて、お恥ずかしい限りです。今は心を入れ替えて仕事一筋ってところかな」

「わたしはね、妻に愛されたいという気持ちが裏目に出てしまったんです。妻は夫婦というより、それを超えた存在だったんです」と顎ひげの男が言った。

妻は高校時代の同級生で、交際期間を含めると二十年以上連れ添った仲だったという。結婚しても恋人同士のように仲のいい夫婦だったが、子どもが生まれると妻は母になった。それまでは何をするにも自分が一番だったが優先順位を子どもに抜かれてしまった。

「今思えばなんて幼稚な考えだったんだろうって。でもその当時は妻が前のように恋人ではなくなったってことがなんか虚しくてね」

夫婦は愛情で結ばれていたが、妻は子どもの母であり、家族になっていった。

顎ひげの男が四十を超えた頃、ある女性に出会った。何度か会ったりしているうちに恋をしていた。妻以外に人を好きになったことに驚いた。この年になってもう一度恋愛をするなんて思いもしなかったからだ。

胸が締め付けられるような思いは高校時代の妻との恋愛に似ていたという。

「気持ちが抑えられなくなって、何をしたと思います？」

「どうしたんですか？」

「妻に相談したんです。自分の気持ちを一番わかっているのが妻だと思って。バカでしょ。一番大事な人に自分の重い気持ちをパスしちゃった」

「なんでそんなこと言ったんですか、奥さんに罵倒されても仕方がない」

「ところが怒らなかったんです。あっそう、子どもばっかりに目がいって、妻としていたらなかった。ごめんなさいって、謝られたんです」

本当はこんな恋愛を妻ともう一度したかったのかもしれない、と顎ひげの男は呟いた。

その後、夫婦は離婚した。妻は女手一つで子どもたちを育て、中学受験で難関の学校に入れたという。

「今も家族として会ってます。妻が子どもたちの母親になっちゃったなんてもう思いません。別れてみて気づいたんです。こんなにも頑張っている妻を夫のままで応援してあげたかったって」

背の高い男は「僕は嫁姑《よめしゅうとめ》問題です」と切り出した。

よくある嫁姑の関係はうちには起きないと背の高い男はたかを括っていた。母親が、嫁とは上手くやると言っていたし、妻は、距離を置くからいけないんだと自ら姑の懐に飛び込んだ。

そんな双方の努力で妻と姑の関係はうまくいっていた。まるで本当の親子のように接していた。一緒に出掛けたり、しょっちゅう電話で話したりもしていた。

「なるだけどっちにも肩入れしないようにしてました。でも、それがいけなかった。無関心でいる方が楽だっただけなんです」

背の高い男は、仕事が忙しいことを言い訳に母親のことを妻に任せっぱなしにしていた。母親も妻を頼るようになった。妻にだけ愚痴を言うようにもなった。

あるとき妻は姑に意見をした。いつもは聞くことに徹していた妻が初めて姑に諫言したのだった。

「お義母さん、自分の人生を卑下しちゃいけません。わたしがついているから大丈夫です」

その一言に姑の顔色が変わった。

「そういうことは息子に言われたかった。わたしはあなたのこと、これっぽちも信用してませんから」

これまで積み上げてきたものが音をたてて崩れ落ちた。

姑の罵りを聞いた瞬間、妻のたがが弾け飛ぶように外れてしまった。

背の高い男は、自分が妻の味方につけばやり直せると思った。

「それが原因で妻は過呼吸になってしまいました。妻に何度も謝りました。必死で慰めました。母親とは会わなくてもいいと言いました。でも、妻に離婚してくださいと言われました」

「なんとか回避できなかったんですか？」

「妻の一言で別れる決心をしました」

「何て言われたんですか」

「あなたはわたしにとって夫ではなく、わたしの一番嫌いな人の息子になってしまった」

その言葉を聞いて背の高い男は離婚を承諾した。

隆介は何も言えず、ワインを一口飲み、深いため息を吐いた。

「最後は僕ですね」ナプキンの端で口元を拭きながらネクタイの男は言った。

「妻は僕と一緒に夢を追いかけてくれた唯一の人でした」

公認会計士をしているネクタイの男は、仕立てのいいイギリス製のスーツを着ているが、その前はあるバンドのドラマーだった。

「この顔を長髪にしたらミュージシャンの頃の僕です」音楽に疎い隆介でさえ、バンドの名前は聞いたことがあった。

妻とはネクタイの男が無名の頃に知り合い結婚をした。妻は美容師をしながら売れないドラマーを支えた。夫の夢を自分の夢のように大切に育ててくれた。

しかし、メジャーデビュー直前に、ネクタイの男はバンドをやめた。

夢が叶うとわかったとき、一生を音楽に捧げる勇気がないことに気づいたからだった。

怖気付いた自分を妻は責めなかった。

「奥さんはなんて？」

「また新しい夢を追えばいいって。その言葉が辛かった。もっと呆れたりしてくれればよかったのに……。僕の方から別れようと言いました」

隆介は自分も脚本家として成功していなかったら妻と夫婦でいただろうか。

「妻は支えるのが下手でゴメンなさいって言いました。引っ越しの日、お互い別のトラックに荷物を積んで、二人で部屋を出て、そのときの鍵の音、今でも耳に残っているんですよ」他人事とは思えない結末が沁みた。

「新しい道を歩き始め、しかも成功している木月さんを見たら奥さんは今どんなことを思うんでしょうね」

「僕のロン毛をさっぱりと切ってくれたのは妻なんです。今でも月に一回、元妻の美容室に髪を切りに行ってます」とうなじの辺りを摘《つま》んだ。

最初に吉田が言ったように、同じ離婚などなかった。

でも、誰もが妻に支えられたことに気づき、自分の足で立ちあがり歩き出し離婚を乗り越えた。

「みなさんはどうやって離婚を乗り越えたのですか？」

「それはね……」とごま塩頭の男が言った。

隆介は身構えて聞いたが、こたえは、「時間が解決してくれるとしか言いようがない」というものだった。身構えた身体がゆっくりと緩んだ。

「離婚をやめようとは思わなかったんですか。強引に回避することもできたのでは？」

「一度言い出したら女は頑固だよ」と顎ひげの男が言ったとき、思わず隆介は「うちと一緒だ」と言っていた。

その口を手で押さえたがもう遅かった。

「えっ、野田さんも離婚するの？」と吉田はその発言を聞き逃さなかった。

一斉に眼差しが隆介に向けられる。

隆介は「実は妻に離婚を切り出されまして」とここにやってきた理由を話した。

「夫婦のドラマを書いている野田さんが離婚だなんて、世の中って面白いわね」吉田は感心しながら言った。

「いや、まだ決まったわけじゃなく、検討中でして」

「じゃあ、婚活ならぬ、離婚活ですか」と背の高い男がおどけて言う。

隆介は頷きながら、

「離婚したくない理由が、自分でもわからないんです」と呟くように言った。

「それじゃ、わたしからいくつか質問させてください」と吉田が言った。

「今ですか？」

「なんか調停みたいになってきたぞ」とごま塩頭の男が言うと、離婚を乗り越えた男たちは身を乗り出した。

「ではお聞きします。まだ、奥様のことを好きな気持ちには変わりない？」

「……はい」

「離婚を切り出されてから変わったことはありますか？」

「妻を意識するようになりました。家にいても気がついたら妻を目で追っているんです」

初期症状だな、と小声で顎ひげの男が言うと、みんなが頷いた。

「では次の質問、世間体を気にしてしまいますか」

「はい。ホームドラマの脚本家が離婚となると書くものに説得力がなくなるというか」

吉田のそつのない質問が次々と隆介にぶつけられた。

「仕事が手につかなくなることはありましたか」

「はい。ドラマでは夫婦の絆を書いているのに、実際には妻に離婚を切り出されるとなると、なかなか筆が進まなかったのは確かです」

「なるほど。自分をさらけだしてくれてありがとうございます。じゃあ、次の質問です。奥さんに感謝の気持ちを表したことはありますか」

「面と向かってはないです。ただ、感謝はしてます」

「それは奥さんには伝わってますか」

「多分」

「どうしてわかるのですか」

「ドラマに出てくる妻は、妻だからです。面と向かって言えない妻の大切さ、家族の尊さをドラマに書いてきたので、それは妻も感じてくれていると思ってます」

「いい夫でしたか？」

「いい夫……」隆介が躊躇していると「意外ですね。ドラマに出てくるのはいい夫ばかりなのに」と皮肉めいた一言を突きつけられた。

「最後の質問です。奥さんは離婚しない方がいい思いますか？」

「そりゃあ、何かと夫婦でいたほうがいいと思います。経済的にも精神的にも。家庭には男手があった方がいいじゃないですか。ほら、電球が切れたときなんか女性は届かなかったりするし」

「今はＬＥＤだから十年は保ちますよ」と背の高い男が言った。

「野田さんの話を聞いていて懐かしい気持ちになったよ」と顎ひげの男が言うとみんなが大きく頷いた。

「妻に気を使うようになる、世間体を気にする、仕事が手につかなくなる、どれもうちと同じだよ」とごま塩頭の男が言った。

「妻に気持ちが伝わっていると思うのが思い込みだって、離婚してわかるんだ」と背の高い男が言った。

「ちょっと待ってください。まだ離婚したわけじゃないんですから。妻だって離婚を撤回するかもしれないし」

「これだけは覚えておいたほうがいいよ。一度離婚するって決めた妻の意志は、固い。どんな哲学者や聖人が叡智《えいち》を駆使して説得しても、気持ちを変えることはできない。なんてたって哲学者も聖人も、この世に産み落としたのは女性だからね」と顎ひげの男が悟ったように言った。

「でもね、離婚を乗り越えられたのは、別れてみて妻の良さがわかったからなんだ。離婚してやっと一人前の夫婦になれたのかもしれないな」と付け加えた。

「妻の良さって夫婦のままでは気づけないものなんですか」

「気づいていたら離婚を切り出されませんよ」

「離婚に抱くイメージや、世間の常識を疑うところから始めないと離婚は乗り越えられませんよ」とネクタイの男がそう言ったところでお開きとなった。

　駅までの帰り道、隆介は吉田と一緒だった。

「吉田さんは、なんでここまでするんですか？」

「法律家として離婚のシステムに抗ってみたくなって。偽善ぽく聞こえます？」

「いいえ」

「少子化を憂いながらベビーカーに文句を言う国で、離婚した女性が一人で生きて行くのは本当に大変なんです。だから別れた相手くらい、唯一の味方になってほしいんです」

「一度は一緒になった仲ですもんね」

「今日の皆さんも、離婚してからの方が、いいパートナー」と微笑み肩をすくめた。

駅に着くと、お互い路線が逆方向だったので、隆介は今日のお礼を言って、

「もし離婚したら、妻の本当の良さに気づけますかね？」

と聞いてみた。

「はい。野田さんなら」

吉田は優しい笑みをたたえ、くるりと踵を返し改札へ消えていった。

8　妻と離婚するかもしれない

「野田さん、新ドラマの企画書見ました。これヤバイです！」

「なにが、まずいんだ？」

「違います。ヤバイくらいいいんです」

受話器から丸山のキンキン声が漏れている。

「今、仕事場に向かっているとこなんですけど、取り急ぎこの興奮をお届けしようと思って」

「さっき先方のプロデューサーからも電話があった。作風が変わりましたねって言われたよ」

「そうなんですよ、今までの野田作品とは違うんですよね、なんか新天地を開いたというか」それを言うなら新境地だろ。

「これは闘ってるなって感じがします」

企画書はウエディングプランナーの女性が主人公のドラマだった。

離婚したばかりのウエディングプランナーの紗弥香《さやか》は、離婚したことで結婚するカップルに敬遠され、会社にいづらくなる。

そこで今の会社を退社し、再就職したのが、離婚経験者ばかりのブライダル会社だった。働く者がみんな離婚経験者。教会の牧師もオルガン奏者も専属司会者も離婚している。

離婚の教訓を生かしカップルの幸せをお手伝いするという筋書きだった。

「離婚がテーマだなんて、思いつかなかったなー、ずっと家族ものを手がけてきた野田さんが離婚を書く！　これ絶対話題になります。どうしちゃったんですか急にまた」

「実はさ」

「まず設定が面白いし、一度結婚に失敗した人たちが結婚のお手伝いをするっていうのが味噌ですよね」とめどなく流れる水をせき止めるように「聞いてくれ」と割って入った。

「はい、なんすか」

「妻と離婚するかもしれない」

覚悟して隆介が言うと、仕事場の玄関扉がバタンと開いた。

振り向くと丸山が立っていた。

「離婚って、マジですか？」スマホを耳に当てたまま丸山が言う。

「まあ、そんな感じだ」

「もう、話してるうちに着いちゃいましたよ」と丸山はキッチンに消え、コーヒーを持って現れ、隆介の前にコツンと置いた。

「何怒ってるんだよ？」

「なんですか、ホームドラマの名手がいい年して糟糠《そうこう》の妻を捨てるってことですか？」

「違うよ、離婚を切り出したのは妻の方なの」

丸山は数秒固まったが、

「……そっちですか、なるほどそういうことか」とみるみる冷静になり、

「それで結婚プランナーの主人公が離婚した女性ってわけですね」

と言った。

「違う、たまたまだよ」と隆介は否定したが聞いていない。

「遂に野田隆介もセカンドシーズン突入ってとこですかね」と腕組みして言った。

「あのさ、人の人生を海外ドラマみたいに言うんじゃないよ」

「夫婦の絆から離婚まで、ジャンルが広がっていいじゃないですか」

「まだ離婚した訳じゃないんだって」

「往生際わるっ、今日子さんはそのつもりなんでしょ」

「まあ、あっちが言い出したことだし」

「夫をここまでの脚本家にしてからの離婚だなんて、やっぱ今日子さんかっこいいな」

「あのさ、勝手に美化するんじゃないよ。まだ、俺は認めたわけじゃないんだ。この先、女が一人で生きていくのは大変だし、かっこいいとかそういうことじゃ……」

丸山は顔をしかめながら「つくづく女々しいって男のための言葉ですよね。女は一度決心したら気持ちは変わりません。うちの母親がそうだったから」と割り込んだ。

「えっ、丸山んちも？」

「はい。大学から母子家庭です。いわゆる熟年離婚ってやつです。言いませんでしたっけ？」

「知らない、初耳」隆介は身を乗り出した。

丸山によると今母親は通販サイト会社の社長をしているという。

「お母さんは結婚中も仕事されていたんだ」

「いいえ、ずっと専業主婦でした。離婚して仕事を始めたんです」

隆介は両手で頬杖をつき、好奇の眼差しを向けた。

「ちょっと詳しく聞かせてよ。コーヒー飲む？」

丸山はかぶりを振り、カバンからペットボトルのお茶を取り出し口に含んだ。

「わたしが大学四年の秋に母から父に離婚を切り出しました。うちの父って典型的な仕事人間だったんです」

大学四年ということは、今から五年ほど前のことだ。

こんな生々しい熟年離婚談を持っている者が身近にいるとは。

丸山に言わせると、父親は絵に描いたような昭和の企業戦士で、妻への感謝などは口にしない夫だった。

母親はそんな父親を支えてきた。それは夫のことを愛していたからに他ならない。

しかしある日、母親は愛の意味に疑問を持った。

愛とは我慢することなのか。本来、愛するということはときめいたり、楽しいことではないのか。

夫婦のままでは、愛は我慢することでしかないと悟った母親は離婚を申し出た。

「母に離婚を切り出され父は怒ると思ったんですけど、たじろぐばかりだったんです」

急に母親に気を使うようになり、挙句、仕事も手につかなくなったという。

「丸山のお父さんは離婚して、なにか気づいたことあったのかな？」

隆介の質問に丸山は少し黙ったが、自分の言葉がまとまったのか、話し出した。

「離婚を切り出される前の父は、『俺の仕事はお前らには真似できない』っていつも威張った態度で家族に接していました。でも逆だったことに気づいたんです。自分をさておいて人を支えるのは並大抵のことじゃないってことを」

「やっぱり丸山のお父さんも、そこに気づいたのか」と隆介は頷いた。

これは父親が離婚を受け入れた夜、酔って言った言葉です、と前置きして丸山は言った。

「男は天下を動かし、女はその男を動かす。昔の偉い人の言葉だそうです」

男は女の真似はできないってことか。丸山の淹れたコーヒー以上に苦い言葉だった。

「離婚してから、お父さんには会ってるの？」

「しょっちゅう。今、母の会社で働いているんです」

「はいっ？」

家庭では仏頂面だった父親は、会社では部下の信頼も厚く、ひょうきんで、部下への気配りも忘れない上司だったという。父親の定年後、母親が自分の会社を手伝って欲しいと打診したところ、二つ返事で快諾し、今は販売部長として手腕を振るっている。

「父親はパートの人たちにスイーツを差し入れしたりするから大人気で。この前も、梅林堂の鯛の形をしたあん入りマドレーヌを買ってきて、大好評で。あんなに父親が女子力高いと思いませんでした」と笑った。

離婚を乗り越えた男は、まるで峻峰を登頂した山男のように、活き活きとしている。自分は、離婚という山を見上げているだけで何も行動していない。

隆介は帰り支度をしている丸山の背中にさりげなく問いかけた。

「ちなみに、お父さん結婚指輪してた？」

「はい。今も」と平然とこたえた。

ここ数日間、隆介は仕事場にこもってラストスパートに入った。

山の頂が、最終回にあたるとしたら、今、隆介は八合目を登っている。途中、妻が離婚を切り出すという予定外のルートを選んだばかりに、少し遅れをとったがなんとか間に合いそうだ。脚本家は孤独だ。こんなとき、孤独を友にできる隆介なりの方法がある。

いつも脚本を書くとき、机の横にギターを置き、ｉＴｕｎｅｓの音楽をシャッフルでかけている。音楽をかけながらひたすら書き続けていると、時々、ギターで弾ける曲がかかることがある。そのとき、書くのをやめてギターに持ち替え、一緒に大声で歌うのだ。

隆介がギターで弾ける曲は二十曲程度なのでかかる確率は少ない。いつ偶然がやってくるかという緊張感が、孤独な時間を忘れさせてくれる。長年の中であみ出した脚本家の知恵なのだ。

ドラマでは妻が家を出てしまったので、夫婦は田舎と都会で別居生活を強いられた。

夫は一人、娘は妻に付いて行った。

隆介は、離れ離れに暮らす夫婦の心情を書いていた。

残り二話まで書き上げたとき、iTunesから中森明菜《なかもりあきな》がカバーした「悪女」が流れた。

隆介はすかさずギターを抱えた。一フレット目にcapoを付け、Gのコードを弾いたとき、メールが届いた。

差出人　古手川聖子
件名　先日はありがとうございました！
宛先　野田隆介

長野は今日、初雪が降りました。
先日は、ご相談に乗っていただきありがとうございました。

そのあと脚本が届いて、いきなり妻の方から離婚を言い出すとはびっくりでしたが、力一杯、夫に離婚を切り出しました。

大堤監督にも褒めていただきました。やったー！

隆介がメールを読み終わったとき、中森明菜は優しい声で「涙も捨てて　情も捨てて　あなたが早く私に愛想を尽かすまで」と歌っていた。

いつの世も切ないのは惚れた方だ。惚れた弱みってやつだ。

午後からの雨は、夕方になり止んだが、街は白と黒の濃淡だけで描いた画のように、陰鬱な顔を覗かせていた。

骨董通り沿いのスタバはほぼ満席状態だった。

隆介は、隣にいる女性に見えないように、ベビーカーの赤ん坊に向けてより目をした。

何度も笑ってくれるので調子に乗って指で鼻の頭をあげようとしたら、スマホが震えた。電話の主は大堤だった。

「野田さん離婚するんですか」

スマホから漏れた声は隣の席の女性にまで届いたようだ。

隆介は咄嗟に、お喋り野郎の口をふさぐように通話口を手で押さえた。

飲みかけのカフェラテを置き去りにして外に出る。水たまりにモノクロの自分が映っている。

「どうした、いきなり」

「関さんにここだけの話だと聞いたもんで」

「あのさ、ここだけの話って言われたならわざわざ本人に確認するなよ」

一時間後、大堤は仕事場にやってきた。編集作業で昨日から寝ていないという大堤はカフェの紙袋からエスプレッソを取り出し、たっぷりのミルクと砂糖を入れて一気に飲み干した。

「まだ、離婚したわけじゃない」

「でも、時間の問題だって言ってました」と紙袋から二杯目のエスプレッソを取り出した。

隆介は目を丸くしてカップに目をやる。

「一郎とともえも離婚させる気じゃないでしょうね」

「させないよ、それは。むしろここから二人がどうやり直すかが見せ所じゃないか」

「それを聞いて安心しました。放送前にみんな離婚じゃ、このドラマは呪われていることになりますからね」

「みんなって？」と即座に聞き返した。

「実は……」大堤はミルクを混ぜながら言葉の間合いを計っているようだ。大堤の手が止まった。

「俺も、妻に離婚されるかもしれません」とエスプレッソを飲み干した。

口をあんぐりと開けて驚いた。

「お前もかよ……」隆介の眉尻が下がっていく。

「原因は？」と低い声で聞いた。

「毎日殆ど家にいない夫に嫌気がさしたんです」と目を伏せて言った。

ドラマの現場にいると家族と過ごせる時間は絶望的に少ない。ひとたびドラマが終わると、次のドラマまで時間ができるが、大堤は一年に二本は連ドラを抱える売れっ子だ。物理的な時間のなさは夫婦の距離を徐々に引き離していた。

「はっきり離婚を切り出されたのか？」

「ほのめかされたというか……」

「まだ面と向かって言われたわけじゃない分、ましだ」と励ましたが、大堤は空の紙コップを握りつぶして言った。

「家でできる作業はなるだけ家でするようにしていたんですけど、妻は寂しかったんでしょうね」

大堤も隆介同様に、ドラマで、妻への感謝を表現したつもりでいたが、届いていなかった。

「この前、撮影中に大雨が降ってきて撮影を中断したんです。そのとき、一郎とともえに嫉妬しました」と大堤はあるエピソードを語った。

農作業のシーンの日、季節外れの豪雨が畑をかき回した。

心配して窓から畑の様子を見ていると、二つの影が畑に向かって駆け出した。一郎とともえだった。二人は土砂降りの中、溝を掘り始めた。

高台から流れてくる雨水から畑を守るためだ。

スタッフも手伝おうとしたが、大堤は「待て。あの二人に任せろ」とそれを止め、カメラを担ぎ雨の中に飛び出し二人の姿を回した。

雨が大地と人の輪郭をかき消してゆく。溝を掘っても水は畑に流れ込む。

でも、二人は諦めなかったという。

「二人は本当の夫婦のようにどんどん絆を強めて行くんですよね。同じ時間を過ごすのって大切なことだとわかりました」

そう言うと大堤はゆっくり息を吐いた。

「大堤、目を瞑れ」

「はっ」

「いいから言われた通りにしろ」

「こうですか」

「いいか今から俺が言うことをイメージしろ。お前が仕事につまずいたとき、奥さんはお前から離れていくか、それとも一緒にいてくれるか」

「いてくれると思います」

「楽しいことがあったとき、それを伝えたいと思うのは誰だ？」

「妻です」

「だったら絶対に別れるな。一緒にいる時間だけが大切だとは限らない。一緒にいるときの濃さが大切なんだ。今日から奥さんといる時間を仕事に打ち込むように大切に使え。今、地球には七十億人以上の人がいて、学校の友人や職場の人のように近い関係になる確率は二百四十万分の一で、親友や恋人に出会うのは二十四億分の一なんだ。

そんな奇跡みたいに出会った人の中で、奥さんはもの凄い大切な奇跡なんだ。大切って言葉を四回も使った。それくらい大切な助言だ」

「わかりました。やってみます」と目を開け、目尻に皺を作って微笑んだ。

「これだけは肝に銘じておけ、絶対に奥さんから離婚を切り出させるな。女は一旦言い出したら梃子《てこ》でも意見を変えない」

と脅しておいた。

「あ、しまった」

冷蔵庫を覗いたとき、隆介は思わず声を出した。スーパーに、買い出しに行くのを忘れていた。朝から脚本にかかりっきりで今日は一歩も外に出ていない。身体も疲れているが、腹も減った。

妻は何をしているのだろう？　しばらく連絡を取っていない。

隆介はスマホを取り出し「久しぶりに晩飯でもどうだ？」とメールを入れてみた。すると、すぐに「行く行く！」と返信があった。

隆介は慌てて丸山にメールを入れた。丸山は若いくせに美食家だ。東京中の美味いといわれる店を回っている。将来はスペインにあるサン・セバスティアンという美食の町に住みグルメライターになりたいそうだ。隆介は丸山を頼ることにした。こちらもすぐに返信があった。

「急だったので、とりあえず知り合いのレストランを押さえました。場所は白金高輪《しろかねたかなわ》でーす。地図を添付しておきます。どなたと会食ですか？　いいな～」丸山から来たメールから住所のみをコピーして妻に転送した。

二時間後、現地で落ち合うことにした。

「いい雰囲気のお店じゃない」と妻は女子のような声で言い「すごい！　遊び人が集う隠れ家風バルだって」と興奮気味にネットの紹介文を読み上げた。

「店に来てまで検索するんじゃないよ」

この店は真ん中がオープンキッチンになっていて、その周りをテーブル席が囲み、シェフたちの手際の良さを眺めながら食事とお酒を楽しめるようになっている。

「いい店だろ」

「どーせ丸山さんのチョイスでしょ」と妻はスペイン産の発泡性のワインでのどを潤した。

セレブな女優がよく言う、泡って上がるよね〜、と言わんばかりの笑顔を見せた。

辺りは殆どがカップルだ。その中にそっと離婚検討中の夫婦が紛れ込んでいる。

「こんな時間に食事に誘うなんて珍しいよね。書けないの？　煮詰まっちゃった？」

妻はメニューに集中しながら言った。

隆介は「いたって順調だよ」と言ってみた。

「これからこうやってたまに食事に行かないか。もう夫婦としては行けなくなるかもしれないし」

妻は一拍ほど間をおくと「そうだね。うん、いいよ」と頷き「すいませーん」と手を上げ幸せそうな顔でオーダーを告げた。

隆介が脚本家になって三年目の冬のことだった。

「ごめんなさい。うちはね、お子さん連れはお断りしているのよ」三軒目の店もダメだった。国は声高に少子化対策を打ち出しているなら子連れで入れる店をもっと増やすべきだ、隆介は一人ぶつぶつと文句を言っていた。

「ねぇ、駅前でラーメン食べて帰ろうか」妻は娘の乗ったベビーカーを押しながら言った。

「せっかくさ、脚本を書き上げたんだからさ、たまの休みなんだからさ、もっとさ、精のつく物をさ」隆介はくたびれ寝てしまった息子を抱きなおして言った。

「よし、駅の裏の方に行ってみよう。あそこに座敷のある店があったはずだ」なんとしても今日は駅前のラーメン屋でもファミレスでもない場所で食事をするのだと、隆介の意志は固かった。

線路沿いの人気の少ない暗い夜道を幼子《おさなご》を二人連れた夫婦が歩いている。今月唯一の仕事は、深夜の単発ドラマだった。家にいると子どもたちの泣き声がうるさく隆介は毎日ファミレスに行き、コーヒー一杯でねばって脚本を書いていた。三歳の息子と一歳半の娘の育児は妻に任せていた。

「もう家で食べようよ。わたし疲れちゃった」

「あのさ、今日子のためにこうやって出てきたわけだからさ、そんなテンション下がること言うなよ」

楽しい外食なんだよ。妻のための休日なんだよ。心の中でそう言い聞かせる度、イライラが募った。結局次の店も断られ、子連れでも入れたのは小さな洋食屋だった。

「もっと楽しい顔して食べろよ。俺だってさ……」

厨房で洋食屋の親父はひたすら仕込みのキャベツを千切りにしていた。下唇にピアスをしたバイトの女はカウンターに寄りかかりテレビを観ていた。

客は隆介たちだけだった。

妻はどちらかの子どもがぐずる度、抱きかかえあやしている。

なんで妻に優しくできないのか、そんな自分のことが嫌で仕方がない。

この日のビールは苦過ぎた。

あれから二十年近く、夫婦、家族で何度も食事をした。近所に馴染みの寿司屋もできた。

隆介は家族との憩いのひと時が好きだった。

別に自分の威厳を見せつけたかったわけではない。ただ、美味しいものを食べると、いつも浮かぶのは妻の顔で、一緒に同じものを食べたいと思った。

素晴らしい映画、舞台、音楽に出会うと、妻と一緒だといいだろうなと思った。

今はかろうじて夫婦でいられて、もうすぐ別れる妻と食事をしている。

妻のオーダーした料理はどれも当たりだった。

自家製ドレッシングで和えたクレソンとパクチーのサラダ、炭火焼きの鴨肉、オムレツ、ハンバーグ、そしてカラスミのパスタ。

「ここ美味しいねーっ」妻は料理が出てくる度感動している。「やっぱハンバーグは赤ワインだな」自分に言い聞かせるようにピノノワールをグラスで注文した。

この瞬間、こんなにも愛おしく思える。

こんなにも身近に幸せがあったのだ。

妻が離婚を切り出さなければ気づかなかった。

こんな幸せに気づけなかったとは夫失格であり、脚本家失格だ。

「仕事の準備は順調か？」

「うん。いろんな人の力をお借りしながらだけど」

妻がどんな仕事を始めようとしているのか、あえて聞かないでおいた。

聞くと離婚が確定するようで怖かった。

隆介は丸山にメールを送った。「今日のお店、最高だ。ありがとう。これからまた頼むことあると思うがよろしく」

送信を押したタイミングで妻のスマホが震えた。

妻は画面を見てにやりと笑い「ねえ、りえが彼氏と一緒だって」とメールを読みあげた。

「あいつ男がいるの？」

「もう、前に言ったじゃん。小学校の同級生の北斗《ほくと》君」

妻の仕事の話以上に気になるが聞きたくない話題だ。

「合流してみる？」

「ぐえっ、いいよ今日は」

「いいじゃん、もうメールしちゃった」と舌を出した。

こんな日が来るとは思わなかった。夫婦として娘の彼氏に会うのは、これが最後かもしれない。間に合ったと思えば貴重な体験だ。

妻は店員に追加の注文をして、四人になると告げると隆介の隣に座った。

ということは目の前に娘とその彼氏とやらが座ることになる。

ドラマでこんな場面を書いてきたはずなのに、威厳のありそうな台詞が思い出せない。とりあえずウイスキーをロックで注文しておく。

数十分後、目の前には娘と愛想笑いをしている若者がいた。

思えば娘と酒を飲むのは初めてだ。娘は不敵な笑みを浮かべている。なんだこの余裕は。

「それ何飲んでるの？」娘が聞いてきた。

「ウイスキー」

「わたしたちも同じのにしようかな。北斗もそれでいいでしょ？」

「うん」子分のように彼氏は相槌を打った。

「ロックはきついから、ソーダで割るといいわよ」と妻が言った。

「はい。ソーダ割りでお願いします」と彼氏が言う。

目の前に娘と彼氏がいる。ドラマで描いたシーンは不意にやってきた。

最初は料理を取り皿に小分けする健気な彼女を演じていた娘だが、この後、思わぬ展開が待っていた。

三杯目のウイスキーを頼んだ辺りから娘の様子がおかしい。

ぷはーっと息を吐き「あー、お酒ってこんな美味しかったっけ。北斗、飲んでんの？」と半分笑いながら言った。

目の横でピースサインをして「すいません、ウイスキー二杯、ロックで」と注文した。

空いたグラスを端によけ、ナプキンでテーブルを拭いたのは彼氏の方だった。

「この人さ」オリーブの実を口に入れながら「パパのドラマ観てるんだって。わざわざDVDまで借りてきて。スゴくね？」目が据わっている。

「へーっ、お父さん、北斗君がファンなんだって、よかったね」と妻は隆介の顔を覗き込んだ。

「今度のドラマも、ものすごく楽しみです。りえちゃんも、お父さんのドラマ観た方がいいよ。夫婦ってこんなにいいものなんだって心底感じるから。すいません、生意気言って」彼氏はハッという顔をし、手で口を押さえた。なんだどうした。

「うちの子どもたちはひねくれてて、家族でお父さんのドラマを観たことないのよね」と妻がフォローにならないフォローをした。

「そんなさ、いちいち親の仕事に興味持つのおかしいでしょ。何、家が魚屋だったら仕入れまでついて行かなきゃいけないの？」

「りえちゃん、それは例えがおかしいよ……」

と彼氏は俯いたまま言う。

「隆介も、北斗君とドラマの話をしたら」

隆介も俯きながら頷いた。

その後、娘はこれからカラオケに行きたいだの、やっぱりボウリングに行こうだの、そう言ったまま寝てしまった。

それぞれの事情でそれぞれが酔っている夜だった。

「北斗君はドラマのどんなところがいいの？」と妻が言った。

彼氏はご本人を目の前にして恐縮ですが、と酒の勢いも借りてなのか持論を話した。

あるドラマで父親が社会人になった娘をおんぶするシーンが印象に残っていると言った。そこに親子の愛情を感じたという。

妻は、視点がいいね、と褒めた後「いまだにりえもお父さんにおんぶしてもらっているんだよ。居間から自分の部屋までおんぶさせたり、子どもの頃のまんま。ほら、父親らしいことなーんにもしてこなかったから、せめてものおんぶなの」。

妻と彼氏は隆介の存在を無視して盛り上がっていた。

隆介は目を閉じたまま店内に流れる音楽を聞くふりをしていた。

「ドラマに出てくるシーンは野田家だったり、そうじゃなかったりってことなんですね」

当たり前だろ。脚色するのが脚本家でしょうが、と心のうちで叱声を放つ。

「混じっちゃってるの。理想の家族と本当の家族がね。だから、また我が家を商売に使ってるって思うこともあれば、この人こんなこと思ってたのかって感じることもあるのよね」

「どんな作品が好きですか？」と彼氏が妻に聞いた。

「えっ、本人の前で言うの！」と妻は顔をしかめた。その後、腕を組み「いい気になるのは癪だけど、わたしの好きなドラマはね……」妻からそんな話を聞くのは初めてだった。今、目を開けたら、妻は天を仰ぎ思案しているに違いない。

隆介は聴覚テストを受けるように耳に全神経を集中させた。

「今まで家族を支えてきた母親がたった一度だけわがままを言う話なんだけど、娘の披露宴を自宅でやりたいって言い出すのね」

彼氏は眉間に皺を寄せ、首を左右に傾げた後「……すみません、そのドラマは存じ上げないです」と恐縮した。

妻があげたのは『六月のくじら』という三年ほど前に書いた単発ドラマだった。これも家族の話だった。

娘の結婚が決まったところから物語は始まる。

式の準備を進めている最中、ある問題が起きた。ホテル側のミスで会場の予約が他と重複していたのだ。担当者はただただ平謝りするだけで、式を延期するという手もあったが、どうしてもずらしたくない理由があった。

その日は女手一つで育ててくれた新郎の母親の誕生日だったからだ。

あらゆる式場をあたったが空きがない。途方にくれる娘と新郎を前に、母親は引きしめていた口を開き「結婚式は我が家でやりましょう」と提案をした。

その言葉があまりにも力強く、母親の目が活き活きと輝いていたというシーンだった。

披露宴を自宅で行うことになり、母親はハツラツとしていた。結婚してこのかた専業主婦で、会社勤めなどしたことのない母親は別人のように披露宴に向けて陣頭指揮をとった。

居間に続く壁には新郎新婦の思い出の写真を飾った。ホームセンターで買ってきた木材で、庭に高砂席《たかさご》を作った。「新郎新婦入場は二階から登場させたい」という提案にブライダル業者が眉をひそめたときは、敏腕の女社長を見ているような口ぶりで相手を納得させた。

さまざまな困難が立ちはだかったが母親は諦めなかった。

妻はあらすじを自分のことのように語ると、まるでドラマの母親の様なハツラツとした声で言った。

「今まで家族を支えてきた母親はきっと褒められたかったのよ。支えていることを褒められるのではなく、自分でなんかをやり遂げる姿を褒められたいの。ドラマの母親はきっとそう思って頑張ったんだ」

妻の言葉に隆介は震えた。身体中に電流が走った。

妻の気持ちが今わかった。やっとわかった。

家庭という安住の園から、夫、子どもたちは世間へと出て行く。そのとき、その後ろ姿を見守る優しい眼差しがある、それが妻なのだ。

それに支えられているからこそ、頑張れる。何かに立ち向かえる。

支えている方は決してそのことをひけらかすことなく支える。

そんな技能を妻は人生のどこかで試してみたくなったのだ。

夫婦でいると妻はこれからもずっと夫を支えてしまう。隆介が妻を支えるには別れなければならないのだ。

「…………」

隆介が妻に向かって何かを話そうとした瞬間、うとうとと舟を漕いでいた娘がいきなり、「ここカラオケ？」と意味不明の言葉を宙に向かって放った。

9　好きだ、別れよう

気がつくと仕事場の窓から見える、向かいのマンションのベランダのイルミネーションが片付けられていた。そうか、とっくにクリスマスも過ぎたのか。

子どもたちが大学生にもなると、とんと世間の歳時記と疎遠になる。

隆介は、最終回の脚本に取り掛かっていた。

冷めたコーヒーを飲み干して、キーボードを叩いた。

――ともえに離婚を突きつけられ、家まで出て行かれてしまった一郎は、一人の生活になって初めて、妻に支えられてきたことに気づいた。全てを失って改心できた。

一郎はともえを迎えにいくことを決めた。ともえの住む東京のアパートのドアを隔てて一郎は話しかけた。

一郎「戻ってきてくれないか……」

ともえ「あなたが気位を捨ててくだされば、わたしは家に戻ります」

一郎「気位……。俺はそんなに気位が高いのか？」

ともえ「――はい」

――ともえは平然と言う。そして、ドアを挟んで思いの丈を告げる。

ともえ「自分の生き方に誇りを持つ。それは素晴らしいことだと思います。
但し、それを保とうとすると気位が生まれます。
あなたは毎日家族を守ろうと必死に頑張ってきました。
世間に揉まれるうちに風格も生まれました。
周りの人はその風格に気を使い、もてはやすようになりました。
あなたはそれを保とうとするあまり、気位ばかりがどんどん大きくなってしまった。
それを家に入る前に玄関で振り落してきてくれればいいものを、家にまで持ち込むようになった。

わたしたちの前でも気位を振りかざすものだから、それはそれは厄介でした。

だから、会社が倒れ、あなたから気位がなくなるのではないかと内心期待していました。

なのに今度は、あなたは昔を懐かしみ、今を憂いてばっかりで、ちっとも気位を捨てようとはしなかった。

そんな夫は、支える価値もありません。

それでわたしは家を出たのです」

――一郎は何も言えずにいる。暫く沈黙が続いたあと、一郎はドアを隔て、歌を歌った。それは一郎ともえが一緒に暮らし始めた頃、よく歌った歌だった。

当時、暖房もなく寒すぎる部屋で手っ取り早く暖をとるには歌が一番だった。

あの頃の歌を一郎は歌った。ドアを隔ててともえは涙を流した。

次のシーンで、場面は移り住んだ田舎に変わり、夫婦二人で畑仕事に精を出している。

ひとまず、ドラマの中の夫婦の離婚は回避できた。

あとは……俺たち、夫婦の方だ。

隆介は脚本を丁寧に読み返し、二、三ヵ所直した後、関にメールを送った。

両手を上にあげて大きく背伸びする。身体を反らせながら、カレンダーに目をやる。あと三日もすれば正月か。日々をたくさん重ね一年が過ぎてゆく。思えばその思い出には全て妻がいた。あの日からずっと……。


隆介が大学を卒業し二年が経った三月のことだった。

隆介と今日子は新幹線のホームにいた。「なごり雪」の歌詞のように、東京に雪が降っていた。

母親の精密検査の結果は子宮頸がんだった。早期発見が幸いし、手術もすぐ手配できた。

「しばらく名古屋にいようと思うんだ」

「うん。そうしてあげなよ」

あの頃の隆介は、将来、脚本家一本で生計を立てようとか、そんな決意もなかったし、結婚を考えての恋愛もしていなかった。

新幹線の扉が開いた。このまま今日子は東京に戻ってこないかもしれない。

それはそれで仕方がないことにも思えた。

「じゃ、行くね」

行ってくるね、ではなく、行くねだった。

待ってる、と告げようとしたが「元気で」と返事をした。

今日子は「うん」とこたえ新幹線に乗った。

今日子は席に着くと、ＣＤプレイヤーを取り出し、イアホンを耳につけ目を閉じた。

走り出すとき今日子は目を開け隆介に小さく手を振った。

そして一度だけ微笑んだ。

隆介はそのあと、山手線と地下鉄を乗り継ぎテレビ局に行った。

「読んだよ。まあいいんじゃないか」と打ち合わせはあっさり済んだ。

監督はくわえ煙草で手書きの脚本をテーブルでトントンと揃え「今度ホームドラマ書いてみたらどうだ。お前の書く家族の話が読んでみたい。それを撮ってみたいんだ」と言った。

体中から、喜びが湧き上がってきた。

この溢れんばかりの嬉しさを誰かに聞いて欲しい。

真っ先に浮かんだのが今日子だった。

隆介は公衆電話に飛び込むと104で新幹線の呼び出し案内を調べ、電話をかけた。まだ名古屋には着いていないはずだ。

隆介は祈るような気持ちで電話口に今日子が出るのを待った。

十円硬貨がものすごい速さで落ちていく。

受話器を首に挟み、ありったけの百円硬貨を投入し、運命の神さまに誓う。

この先、すべてのことに全力で取り組みます。運を前借りさせてください。

だから、電話に出てくれ。

「もしもし」今日子の声だった。

「切れちゃうかもしれないので手短に言う。お母さんの手術が成功することを信じている。今日、脚本が褒められた。真っ先に伝えたかったのは今日子だ。それとお母さんに花嫁衣装を見せたいって言ってたけど、その相手は俺じゃダメか。頼む、結婚してくれ」

レールの振動音にかき消されながらも、うん、と聞こえた気がする。

「えっ、なに、今なんて」

かすかに聞こえた「うん」の余韻を残して電話はプツリと切れた。

これが隆介のプロポーズだった。

掃除機の吸引力に惚れ惚れしながら、隆介は掃除をしていた。面白いように埃が透明の容器に溜まっていく。ノズルの先のゴミを取っていたら、ズボンの後ろポケットのスマホが震えた。きっと、丸山からだ。

隆介は妻と食事する店を頼んでおいたのだ。

メールで丸山が薦めてきたのは、中目黒にある焼き鳥屋だった。

「予約は受け付けないところですが、是非一度行ってみてください。狙い目は一回目の客が引ける二十時頃です」と力説するので、妻との食事はそこにすることにした。

駅からぷらぷらと歩いて行く。

商店街から小道にそれ、少し行った辺りにその店はあった。入り口に数名の列があったのですぐわかった。

「丸山さんっていろんなお店知ってるね」と妻は言い、最後尾に並んだ。

「予約できるところにしてくれればいいのに、まだかかりそうだな」と隆介は時計を見ながら言う。

「この待つっていうのも演出の一つなんじゃない。でもお腹空いてきちゃった」

三十分ほど並んで、目の前が焼き場のカウンター席に通された。店内は十人も入ればいっぱいのカウンターのみだった。

坊主頭にねじり鉢巻の職人たちが威勢のいい声をあげて焼き鳥をふるまっている。

おまかせコースを注文し、麦焼酎のソーダ割りとカットしたレモンを頼んだ。「お代わりするとき、レモンはそのままでって言うと通らしいよ」乾杯のあと、妻はそんな食べログ情報を披露した。

それを聞いていたのか目の前で焼き鳥を焼いている職人の口元がにやりとする。かしわから始まり、軟骨、レバー、砂肝、ねぎまと続いたがどれも絶品だった。野球でいうと全員安打である。

「ねぇ、知ってた？　ねぎだけの串をいかだって言うの」と木札を指差しながら屈託のない顔で笑った。

隆介は妻の横顔を見ながら思う。僕の好きになった人は、無私の心で、夫と自分の隔たりを作らず、いつも好奇心旺盛で、どんなときも家族を支えてきた人だ。

落ち込んだとき、妻の「大丈夫」の一言に「人ごとだと思ってさ」と文句を言いながらも前に進んでいけた。

腹の立つことがあると、妻がその倍怒るものだから、こっちの怒りは消えていった。

嬉しいとき、その百倍喜ぶものだから、さらに気張らねばと拳を握りしめられた。

それが僕たち夫婦だった。

ある大ベテランの役者が引退の席で言った。

わたしが命の危険にさらされながらも迫真の演技ができたのは、陰でいつもスタッフが支えていてくれたからです。

だから、階段から落ちようが、雪崩に巻き込まれようが、心配は一つもなかった。

支えてくれる者がいなければ役者は何もできない、と。

「ねぇ、覚えてる？　隆介が初めて書いた脚本。蚊の家族の話」

「なんだよ、急に」

「悪者だけの血を吸う正義の味方のお父さんと、それを支えるお母さん。息子がお父さんに憧れてヒーローになろうとするんだけど、飛ぶのが下手なんだよね」

「違う、刺すのが下手なんだよ」

「そうだっけ？　まあ、どっちでもいいけど。あるとき、お父さんが悪者を刺そうとしたら、払いのけられて絶体絶命のピンチになって、家族が一丸となって悪者に立ち向かうんだよね。あれ、最後どうなるんだっけ？」

「息子が父に代わって悪者の血を吸って、めでたしめでたし」

「そんな単純な話だっけ？」

「あれで賞をとって脚本家になったんだよ」

「あのときから、ずっと家族の話ばかり書いてきたよね」

「いろいろあったな」

「うん。いろいろあった」

蚊の家族の話しか書けなかった脚本家が、妻が支えてくれたおかげでここまでになれた。そんな自分に、世間はありがたいことに価値をつけてくれた。

「もう一杯飲んでいいかな？」

「いいよ、どうぞどうぞ。わたしも何かもらおうかな」と妻はメニューを眺める。

隆介はその目線の先に緑色に縁取られた紙を差し出した。

「遅ればせながら、やっと決心がつきました。ここに名前も捺印もしてある。あとは今日子が書いて提出すれば離婚は成立だ」

「取ってきたんだ」

「うん。ここまで支えてもらったのに、俺ときたら、離婚を切り出されてオロオロして、世間体を気にして、ドラマが書けなくなるとか、自分のことしか考えなかった。でもやっと気づいたんだ。俺たち夫婦が離婚する意味を。自分の好きになった人の本当の良さを知らずに、人生を終わらせるところだった。だから」

声を整えて言った。

「好きだ。別れよう」

妻は隆介の顔を見ず、静かに頷いた。

「しめどうする？　わたしは親子丼にするから隆介はそぼろ丼にしなよ。でさ……」

「半分こするんだろ?」

「そう」妻の頬を涙がつたった。

支えた人は褒められたい。自分が人生の半分以上をかけて支えてきた人たちに。

支えていることを褒められるのではなく、自分で立ち上がり、自らの足で歩き出した姿を褒められたいのだ。

別れる勇気を妻からもらった。

二人は焼き鳥をパタパタと扇ぐ団扇《うちわ》を見つめていた。

凍てつく森で、樹木の幹にたまった水分が凍結して膨張し幹が裂ける現象を凍裂《とうれつ》と呼ぶ。闇で覆われた静寂の森に「パーン」と幹が裂ける音だけが響き渡る。

今夜もどこかの夜のしじまの森で凍裂が起きていると隆介は思った。

この数時間前、隆介と今日子は、大晦日《おおみそか》の人でごった返す市場にいた。

隆介が大晦日の市場に来たのは初めてだった。

「主婦の大変さ、やっとわかったでしょ。毎年、年末の買い出しはわたし一人でやってたんだからね。雅治とりえが小さい頃は、近所に預けて二往復はしたものよ」と妻が言うので、隆介は荷物を余計に多く引き受けた。

おせち料理は三ヶ日に女たちが台所に立たなくてもいいように、年末にこしらえるものだったが、今年、野田家は買うことにした。

紅白歌合戦が始まる頃に合わせて風呂から上がると新しい下着が脱衣所に用意されているなんて習慣もなくなった。

年越しそばは年内に食べるのか、年が明けてから食べるのかを家族で会話したのはもう数年も前のことだった気がする。

今夜が大晦日だという気にさせてくれるのは、食卓テーブルではなく、リビングのローテーブルで夕食を囲むということと、刺身、ローストビーフ、餃子、チーズなど普段食卓に並ばないものばかりあるということだ。

隆介は妻とテレビを観ながら、ゆっくり酒と料理を愉しんだ。

二本目のワインを半分飲んだ辺りで寝てしまったらしい。

「もうすぐ年が明けるっていうのになんで誰も帰ってこないんだ。なんだよ年越しライブって」

「しかたがないでしょ。隆介だって若い頃はそうだったくせに」

「大晦日くらいは家にいたさ」とため息をつくと、

「今晩はわたしがとことん付き合ってあげるからいいでしょ。ねっ」

と笑顔で言った。

「だったら離婚しなくてもいいのに」

「離婚はしますよ。でも今年は一緒に年を越しましょう」とテーブルを拭きながら言うと、空いた食器をトレイに載せて行ってしまった。

年越しそばは温かいのと冷たいのどっちがいいかとキッチンから声が聞こえた。今年最後の二択だ。隆介は温かいそばにした。

昔、娘が修学旅行で買ってきた清水焼きの夫婦どんぶりから湯気が立っていた。

隆介は両手でどんぶりを持ちつゆをすする。鰹と昆布の優しい味がした。

「多分さ、離婚したらね、わたしからしょっちゅう連絡するようになるよ」妻はひょうたん型の器に入った七味を振りかけながら言った。

「嘘だね。いつだってそんなのはこっちからじゃん」と妻から七味を受け取り強めに数回振りかける。

「だから離婚したらそれが逆になるって言ってるの」

七味が利きすぎた。隆介が犬のように舌を出し、目の前のワインを口に含んだとき、妻が、「あけましておめでとう」と言った。

年が明けたのだ。

旧年中は本当にいろいろなことがあった。公私ともにこんなにも夫婦について考えたのは初めてかもしれない。

空気のように日常に溶け込んでいた夫婦の関係は、もう少し経つと解消され、子どもたちの親であるという事実のみ残る。

どんな仲睦まじい家族でも、夫と妻に血のつながりはない。所詮、夫婦とはそんなものなのだ。

隆介にとってそんなものは、光のようなもので、太陽のように包み込んでくれ、灯台の灯りのように、自分が向かうべき方向へ導いてくれた。決して、支えているなんて微塵も主張せずに。

夫婦は、人生で奇跡的に出会った、かけがえのない他人なのだ。

「ねぇ、わたしって隆介に『わたしのどこが好き？』なんて聞く野暮な女じゃなかったでしょ」

「どうした急に？」

「聞いていい？」

「なんだ、その前置き」

「どうして、わたしと別れてくれることにしたの？」

竹を割ったような性格の妻に女性的な質問を初めてされた。

隆介は酔ったふりをして聞き流すこともできたが、それはしなかった。

「夫婦のままでいると、今日子の性格上、ずっと俺を支えてくれる。でも、今度は俺が今日子を支えたい。だから別れることにした」

妻は隆介に顔を向けることはなく、黙ってお手拭きでテーブルに付いたワインのシミを拭いていた。何度も何度も。

「子どもたちからLINEが来たよ」と妻はスマホを隆介の顔を前で見せた。

そこにはカウントダウンで盛り上がる兄妹の短い動画と「アケオメコトヨロ」とたった八文字の愛があった。

今年は、なんだか楽しいことがたくさん待っている気がした。

過去に読んだ本を再読すると、その頃、気づかなかった発見がある。

このところそんな風に妻の良さに気づく。最近初めて、妻は写真を撮るのが上手だってことがわかった。

桜テレビの広報から、ドラマのホームページ用に挨拶文を頼まれた。

その際に自宅の写真を一枚だけ載せたいと言われ、デジカメを持ってリビングを右往左往していると妻が現れ、任せてと写真を数枚撮った。

その写真を送ったところ、広報の女性から感激しましたとメールをもらったのだ。

なにがそんなに琴線《きんせん》に触れたのだろうと、改めて写真を見てハッとした。

食べかけの食器がある食卓、ソファーには麦わら帽子、開けっ放しのドア、ただそれだけなのに家族の匂いを感じた。

「あの写真、すごく評判よかったよ。ありがとう」

妻は、夫のありがとうに「隆介がありがとうですって」と驚いた。

おかしな話だが、今頃になって妻を幸せにしたいのだ。

今まで考えていなかったわけではない。

もっとこんな夫婦でいたかったという後悔でもない、率直《そっちょく》な今の気持ちだ。

10　よし。ご馳走作ろう

「やっぱりお兄ちゃん帰ってこられないって」と娘がのんきに言った。

なんだと！　今日は離婚を子どもたちに伝える家族会議だというのに。

隆介は気を遣い、大事な家族の話があるから、この日は絶対に時間を作ってほしいと手紙まで書いたのに、息子はライブのリハーサルがあるという理由で約束をすっぽかした。

隆介はもどかしさと怒りが入り混じったなんとも言えない気分でいた。ドラマでたくさん一家団欒のシーンを書いてきたにもかかわらず、隆介以外この家の者はこういった家族の集まりを重んじない。

「仕方ないね」とすぐに受け入れた妻に、「家族が揃わないと意味ないだろ」と語気に力を入れるが、

「りえも話があるっていうから、今日でいいんじゃない」

といなされた。

そうだった。今日、娘が素直に帰ってきたのは、娘からも話があると言ってきたたか

らだ。

本来、夕方に予定していた家族会議を今から行うことにした。

「りえ、こっちに座って」ソファーに寝転んでスマホをいじっている娘を食卓に呼び寄せる。

娘は「はいはい」と言って、隆介と妻の目の前に座ると「あのさ、わたしから二人に話があるんだけど、先に言ってもいい？」と聞いてきた。

今から話す離婚のことは娘にとって青天の霹靂だ。

父親としてなるべく娘がショックを受けないように配慮して話そうと昨晩、プロットまで作って今日の日を迎えた。

隆介は思った。離婚の話を聞いてからでは、到底、自分の話なんて伝えられないだろう。

妻も頷いたので、隆介は厳格な父親を装った口ぶりで「特別に許す」と言った。

「わかりました。じゃあ話します」と娘は背筋を伸ばし、声調を整えて続きを話した。

「わたし、妊娠したみたいです」

隆介は腕組みをし、娘の瞳を見つめ、頷いた直後、バットで頭をぶん殴られたような衝撃を感じた。

「今、なんて、言った？」

「赤ちゃんができました」

妻が目を見開いたまま動かない。

「とにかく息をしよう」

「そうね」

娘は事態をどう受け止めていいのか迷っている両親の顔をじっと見ていた。

事態を飲み込もうとするが、受けつけてなるものかと身体が拒否して、吐瀉物のように思いの丈が飛び出した。

「まだ大学生ってわかってるのか」「えっ、相手は北斗か」「順番ってものがあるんだろう」「出産してからが大変なんだぞ。育児に待ったなしなんだぞ」「お父さんそんな話聞いてないぞ」

「お父さんは黙って」

妻の凛とした声に思わず、「はい」と返事をした。

「北斗くんには話したの？」妻が娘の心を包み込むように聞く。娘はコクリと頷いた。

「まだ二人とも大学生だけど、産んでほしいって言われた……」

「だから、子どもを育てるっていうのは相当な覚悟がいるってことをわかっているのか二人とも」

「わかってます。何度も考えて、決心しました。だからお願い、パパとママ、祝福してください」と頭を下げた。娘のそんな姿を見るのは初めてだった。

「おめでとう」

「………」

妻は娘を抱きしめた。目からつたった涙が娘の頬を濡らした。

「おめでとうとしか言いようがないよ。こんな嬉しいこと」

「ママ、ありがとう」

「お父さんも嬉しいでしょ」と妻は愛おしそうに娘の頭を撫でながら言う。

「ああ、まあ……。おめでとう」

あの幼い娘が母親になるなんて。ついこの間までビービー泣いていた娘が、いまだに父親におんぶをせがむ娘が、母親になる。

不思議と頭に浮かぶのは幼い娘の顔ばかりだった。

「北斗くんと仲良く、いい夫婦になって、協力しあって、子どもを幸せにするのよ」

と妻は言った。

「うん。パパとママみたいな素敵な夫婦になるね」娘の目から大粒の涙が溢れていた。

「泣くな」と隆介も声を詰まらせる。

両手をパンと叩き妻が「今日はご馳走作るね」と高らかに宣言した。

隆介は腕で目を覆い何度も頷いた。

そうだ。娘が母になる、家族が増える。素晴らしい。それ以外なにもない。

天気雨が晴れたように涙も晴れ、隆介は心地よい日差しが差し込んだ床を眺めていた。

娘は隆介の肩に手を添えて「パパの話ってなに?」と聞いたとき隆介は我に返った。

まるで電車で駅を寝過ごしたときのように立ち上がった。

その勢いに驚いた娘が尻餅をつく。

「お父さん、りえは身重なのよ」と妻が怒鳴る。

「すまん、少し時間をくれ」

妻と娘はソファーに寄り添うように座り、妻は細長い指で優しく娘の髪を撫でながら、妊婦になると電車で降りる人を見分けることができるとか、コマーシャルで食べ物を見ただけで吐き気がするとかを話していた。

隆介は食卓でサヤエンドウの筋を取っている。

狼狽する隆介を見かねた妻が山盛りのサヤエンドウの筋取りを命じたのだ。

前にもこんなことがあった。

大人気なく娘と些細なことで口げんかになり、娘は泣き出すわ、隆介はむしゃくしゃするわで収拾がつかなくなった。

そのとき妻は床に爪楊枝《つまようじ》をばらまいた。わざとかもしれないが、隆介は一本一本拾っているうちに心が落ち着いた。

妻は隆介をなだめるそんな術を心得ていた。

「りえ、お父さんとお母さんのことなんだが」

妻の細長い指が娘の髪を撫でるのが止まった。

張り詰めた空気の中、秒針の音が聞こえるほどのしじまが数十秒続いただろうか、隆介はなにも言えずにいた。

続きを言ったのは妻だった。

「ママとパパね、離婚することにしたの」

隆介の言いたいことを代わりに言って娘を抱きしめた。

妻のぬくもりを肌で感じたおかげだろう、娘は突然の両親の離婚を聞いても落ち着いていた。

「二人とも嫌いになったの？」小学生のような声で聞いた。

「ううん。違うよ。たくさん話し合って決めたの。今もこれからもりえのお父さんとお母さんということは変わりないからね」

「理由は聞かない方がいい？」

隆介は妻と娘の後ろ姿に向って言った。

「めでたい話の後に悪いが、今まで家族を支えてくれたお母さんを、その役割から卒業させてあげようと思ったんだ。だから嫌いになったわけじゃない」

娘は何も言い返さず黙ったままだった。両親の離婚が母体にいいわけない。心配が先に立った。

「お父さんのドラマに出てくる素敵なシーンやエピソードが全部、お母さんからもらったものなんだ。でも、ここいらで、お父さんはもう誰にも頼らず、自分の力で脚本を書いていこうと決めたんだ。もう、結構なベテランだからな」

「そっか」

この家でいつも妻は夫や子どもを支え、いつもここから送り出してくれた。

隆介はリビングを見渡しそう思った。

「そろそろ、お父さんもりえも、お母さんに甘えるのを卒業しないとな」

「そうだよね。ママに自分の人生を歩いてもらわないといけないんだね。わたしもお母さんになるんだから、甘えちゃいられないよね」

妻は黙って父と娘のやりとりを聞いている。

「こういうの何離婚って言うんだろう？」

「何かな、強いて言うなら、おしどり離婚かな」

娘が吹き出した。妻もにやりとした。離婚の話なのに……かけがえのない家族は笑っていた。

「よし。ご馳走作ろう」部屋に入り込んだ日差しで妻の長い影ができる。腰に手を当て、仁王立ちする影だった。


黄金色に揚がった春巻きの中味は牡蠣《かき》と青じそらしい。食卓には、豚バラと野菜がたっぷりの豚汁、いつかのレストランで食べたクレソンとパクチーのサラダ、カニの炊き込みご飯も並んだ。

こんな欲張りなご馳走は久しぶりだ。

隆介が大きな口を開け、春巻きをパリッとかじったとき、リビングのドアが開き血相を変えた息子が入ってきた。

「りえ、お前本当に産む気なのか？　で、親父とおふくろはなんで離婚するんだよ？」と肩で息をしながら息子が言う。

「なんで飯なんか食ってんの？」

娘の送ったＬＩＮＥを見て、息子はおっとりがたなで駆けつけた。

「大事な家族の話よりライブのリハーサルを取るような息子は知らん」

「そうだよ、妹が母親になるっていうのに無視するなんて最低の兄貴だよ」

「だってさ、言ってくれなきゃわからないでしょ」

「だから、話があるって手紙まで書いたでしょうが」

「わたしだって、相談があるってLINEしたのに」

「はいはいはい。そんくらいにして、ほら、雅治も突っ立ってないで、一緒にご飯食べよう」

「本当にママはお兄ちゃんに甘いんだから」

久しぶりの一家団欒は、未婚の娘が妊娠し、両親が離婚する。修羅場と化してもいいはずなのに笑顔が絶えなかった。

「ちょっと落ち着いて食べようよ。ペース速すぎでしょ」と娘が父、母、兄にあきれた顔を見せて言った。我が家はやたら食べるのが早い家族だ。

外食しても席について一時間も経たないうち食べ終わる。

店員が皿を持ってくるなり四人の手が伸び、早送りでハイエナの食事シーンを見ているように平らげる。

その度、娘は自分を棚に上げ「店員さんが呆れてるよ、本当恥ずかしい」と周囲を気にする。

妻は「世間体を気にするところ、お父さんそっくり」と笑う。

この日も家族全員が満腹になるまで一時間も経たなかった。

翌朝、玄関先に来客があった。彼氏とその両親だった。

妻は「どうぞおあがりください」と手をリビングに向けたが、三人は深々と頭を下げたまま上がろうとはしなかった。

代表して彼氏が「絶対に娘さんを幸せにします」と言った。

以前の印象とは違う凜々しい青年であり、覚悟のようなものを感じた。

「両親のお二人も、良さそうな人で安心したわ」と妻は見送りながらそう言った。

11　妻は包帯のような存在なのよ

ほのかな薄紅色の花の群を桜と呼ぶようになったのはいつの頃なのか。いにしえびとが、桜が運んでくる春の匂いを嗅ぐ度、思いをはせるのは希望なのか別れなのか、春はもうそこまでやって来ている。もうすぐドラマの初回の視聴率が出る。

階段から口笛と足音が聞こえた。ガウン姿で娘が起きてきた。週の始まりの朝だというのに妊婦はのんきなもんだ。

妊娠二十週を迎えた昨日、隆介のドラマもスタートした。

九時まであと五分。隆介は心のうちで時計を気にしていた。

娘は膨らんだお腹をさすりながら、冷蔵庫を眺めると、ピーナッツバターとバナナのロールケーキとオレンジジュースを取り出した。このところ身体が甘いものを欲するらしい。

「ママ、妊婦が花粉症って赤ちゃんに影響ある？」

キッチンにいる妻には聞こえていないようだ。

「ねえ、聞いてる？　ちょっと煙くない？　わたしパンがいいんだけど」

妻は焼き魚をひっくり返しながら「今、忙しいんだから、そんなの自分でやってよ」と眉間に皺を寄せた。それは煙のせいなのか、娘のわがままに苛立っているのか。

それにしても部屋全体に焼き魚の匂いが充満している。隆介が窓を開けると春の風が吹き込んだ。どこからともなく桜の花びらが飛んできて肩に止まった。

桜が散るなのか、桜が咲いたなのか、あと一分でプロデューサーの関からの連絡が来る。

関は週末にスタッフ全員を集め「数字より内容だ」と言い切ったが、陰では神社を五つ回り、寺で護摩祈禱《ごまきとう》と滝行を行い高視聴率を祈願したと古瀬が教えてくれた。人事を尽くしながら天命に思いっきりすがる、プロデューサーは大変な仕事なのだ。

九時ちょうど、スマホが震えた。

関からだ。

「もしもし、やったぞやった。好スタートだ」と関。

隆介は右手の拳を強く握った。

そして結露ができた窓ガラスに人差し指で「15％」と書きながら妻を見た。

妻は胸に手を当て大きく安堵の息を吐いた。

これから三ヵ月、毎週、合格発表のような朝が続く。

夫婦で共有するのはこれが最後だ。

娘は何処吹く風で、ピーナッツバターをたっぷりと塗ったトーストにかぶりついた。

月島《つきしま》駅から佃島《つくだじま》に向かう川沿いに昭和の町を彷彿《ほうふつ》とさせるレトロなアパートが建っている。そこで一郎がともえを迎えに行くシーンが撮影される。視聴率が良くても悪くても顔を出そうと決めていた。

朱色の太鼓橋《たいこばし》の向こうに大勢の見物客がいた。古瀬が赤色灯を振りながら「ご通行中の方のご迷惑にならないよう、もう少しお下がりください」と叫んでいた。

隆介が近寄って、「やけにギャラリーが多いな」と古瀬の耳元に話しかけると、「SNSで誰かが井上勇路と古手川聖子が来てるって、つぶやいたからですよ」と小声で教えてくれた。

ヘアメイクの女性が、櫛《くし》の持ち手の部分で井上の前髪を直した。そのとき井上は隆介に気づき、軽く会釈をした。そこにギャラリーの黄色い声が飛んだ。アシスタントディレクターが素早く駆け寄り、井上に耳打ちする。井上の顔が引き締まり、役の一郎になる。本番だ。

ディレクターズチェアに座った大堤は花粉対策のマスクを顎まで下げて、活潑潑地《かつぱつはつち》に「スタート」と叫んだ。

一郎はアパートのドアに向かって「戻ってきてくれないか」と声を絞って言った。

結末は知っているが、心の中で応援せずにはいられない。

「カット」と大堤の声が響いたと同時に胸ポケットのスマホが震えた。

妻からだった。

隆介は少し離れたところで電話に出た。その瞬間、慌てた声が飛び込んできた。

「とにかく帰ってきて！」

「どうした？」

と隆介は声を潜め応答する。

妻の声は風雲急を告げていた。

隆介は電話を切ると、ひと呼吸置いてから古瀬に「すまん、帰る。みんなによろしく伝えてくれ」といって駆け出した。

隆介はドラマの刑事のように走った。昭和の刑事ドラマは刑事がよく走っていた気がする。スポーツジムに通っているお陰なのか、思った以上に走れた。

「結婚を取りやめるって、どういうつもりだ」走りながら声に出し、月島駅の階段を駆け下りた。

車窓に映る自分の顔を眺めながら、先ほどの内容を思い出す。妻によると、昼過ぎに娘は彼氏に会ってくると言って、家を出た模様。しかし、一時間もしないうちに帰宅。娘は涙で目を腫らし、「あんなやつだと思わなかった！」と怒りをあらわにし、部屋に閉じこもったという。いったい何があったんだ。

親子揃って離婚なんてシャレにもならない。いや、まだ婚姻届を出したわけではないので戸籍はそのままか……。ていうか、お腹の中の子どもはどうするつもりなんだ。とにかく、いち早く状況を確認しようと、隆介は駅から駅、駅から家まで、全ての行程を走った。

家に着くと、汗が滝のように流れ出した。

食卓で待っていた妻の話を肩で息をしながら聞く。

「婚約、解消する！　って言って部屋に閉じこもったまま」妻は憤怒していた。

息が整わないながらも、妻の肩に手を置き「心配するな」とスカスカの声で言った後、娘の部屋に行った。

ドアをノックするが返答がない。

ゆっくりドアノブを回すと、視界の先でベッドがこんもり盛り上がっていた。

「どうしたんだ、なんかあったのか？」と隆介は布団に声をかける。

「お母さんから婚約を解消するって聞いたけど本当か？」

布団がこくりと頷いた。

「赤ちゃんはどうするんだ？」

「わたしが育てる」と布団が喋った。

「何があったんだよ、いったい」

娘は布団から飛び出し涙ながらに訴えた。

「あいつ、わたしには結婚指輪をしてほしいっていうのに、自分はしないって言うの。それって亭主関白を宣言したってことでしょ。時代錯誤も甚だしいと思わない？　女房は三歩下がって歩け、って言っているようなものでしょ」

はっ？　汗でびしょ濡れになりながら、全速力で戻ってきたのに、婚約解消の理由がたったそれだけなのか？

「婚約解消は少し先走りすぎでしょ。もっとゆっくり話し合ってさ」

「お互い指輪なんてなくても信頼し合っていればいいと思わない？　ジュエリー産業に踊らされるなんて今の時代ナンセンスよ」

そう言って娘は再び布団をかぶってしまった。

隆介は力任せに布団をはごうとするが、中で娘がそれをさせない。

「もっと親になる自覚を持ちなさい！　二人で何度も話して決めたんじゃないのか。子どもには両親がいる方がいいに決まっているってこともわからないのか。りえはもう母親になるんだぞ」

娘は再び布団から飛び出し「離婚するパパに言われたくない」と声を上げた。めげずに自分のことを棚に上げて「よし、この件はパパに預けろ。それでいいだろ」と言い放つ。

夜から雨になるという天気予報は当たった。

善は急げと、妻に連絡を取ってもらい、その日の晩に娘の彼氏と近くの駅で落ち合うことにした。

隆介は傘をさし地下鉄の階段を上がってくる人ごみの中から彼氏を探した。

赤いリュックで頭を覆いキョロキョロしている若者がいる。彼氏だ。

なんだよ、天気予報くらい見てこいよ！　と思いながらも隆介は傘を上下に動かし合図を送った。

彼氏と相合傘になり小走りで近所の寿司屋に飛び込んだ。

カウンターには家族連れの先客がいた。

「大将、小上がり借りるよ」と言い、握り二人前と瓶ビール一本を注文し障子《しょうじ》を閉めた。

彼氏は答案用紙に名前を書き忘れた受験生のように蒼ざめた顔をしていた。

数ヵ月前の自分を見ているようだし、あの気の強い娘に責められれば、こうなるのも仕方がないと気の毒にも思えた。

「りえさんを家庭にしばろうなんて、これっぽっちも思っていないんです」

「まあまあ、ゆっくり話し合うとして、一杯やろう」

何に乾杯するでもなくグラスを合わせた。彼氏はビールを一口舐めただけだった。

「りえに伝えておくことはある？」

本来は僕がお会いして言うべきことなんですが、と前置きして言った。

「僕は心からりえさんを愛しています。ただこれから生まれてくる子どものために、僕の分の結婚指輪はミルク代にまわそうと……。まだ学生の身分なのでお金もないし。けど、せめてりえだけでも指輪は買ってあげたいと思ったんです」最後のりえという呼び捨ては引っかかったが、彼氏の言うことは理解できた。

「なんで、それを言わないんだ」

「僕の話す順番が悪かったのか、一方的にまくしたてられてしまって、言い返せなかったというのが正直なところです……」

「そうか。逆にすまん」と頭を下げる。

隆介はトイレに立つふりをして、ことの顚末を妻に電話で報告した。

妻は「後はわたしに任せて」と連係プレーを引き受けた。

丁度、寿司が来た。

隆介は小皿に醬油を注しながら「きっと娘も今頃、言い過ぎたって反省しているよ。そうだ、孫が生まれたら、みんなでここにこようよ」と彼氏を励ました。

彼氏は「ありがとうございます」と言って鉄火巻きを頰張った。

「結婚の証として指輪を買うのなんて、もう古いのかもしれないな。指輪なんかしていなくたって、お互い支えあっていれば上手くいくよ。どんな形だって夫婦は夫婦だ」と隆介はマグロを頰張った。

両手を膝に置き、目を伏せていた彼氏が、上目づかいでこちらを見た。

「どうした？　まだ心配か？」

「いえ……」

「じゃあ、なんだ？」

「りえさん、御両親が離婚することになったって」

「えっ、知ってるの？」

「はい。すみません」

娘が嫁ぐまで離婚を先延ばしにしておけばよかった。

「俺たちの離婚は心配しなくていい。君たちの結婚に一切関係ないから、なっ！」

「はあ」

「説得力はないが結婚はいいもんだぞ」

ビールを飲み干し、声を整え、ありったけの言葉で家族の素晴らしさを語った。

彼氏は心をときめかせ聞いている、気がした。

「ふつつかな娘ですが、どうかよろしくお願いします」と頭を下げたとき障子が開いた。

「今しがたお客様がお帰りになったんで、カウンターに移動いたしますか？」

「いいね。北斗くん、場所を変えて一杯やろう」

「はい」

檜のつけ台で、義理の息子と寿司をつまむ日がこんなに早く来るとは。

「さっきのお客さん、家族連れでお寿司なんて、いいね。うちも今度……」と言いかけたとき大将は、

「実はあのお客さん、離婚されたご夫婦とそのお子さんなんです。あーやって、たまに元家族でいらっしゃるんですよ」

と言った。

「そうなの」隆介が情けない顔で言ったときスマホが震えた。

娘からのＬＩＮＥだった。「パパ、ありがとう」

隆介は彼氏にスマホの画面を見せ「りえの誤解も解けたようだから後で電話でもしてあげなさい」。

「よかった、お義父さんありがとうございます」

「まあ、飲もう」おとうさんと呼ばれた照れ臭さを隆介はビールで流し込んだ。

この先娘たちはどんな夫婦になるのか。隆介はほろ苦い笑顔を彼氏に見せると、夫婦のバトンを託すかのように、そっと薬指から指輪を外し、

「これ」と彼氏の手に押し付けた。

「なんですか？」

「俺からの結婚祝い」

彼氏はハッとした顔をして、おそるおそる手を開いて更に驚いた。

「こんな大事なものいただけません」

隆介は指輪を載せた彼氏の手を、両手で力いっぱい握って言う。

「いいから、売っちゃっても構わんから。ミルク代にでもしなよ。大将、ビール！」

勢いよく挙げたその手にもう指輪はしていない。

不思議と解放的な気分だったのは酔っているせいかもしれない。


今朝読んだ朝刊に『空き家減税』という記事があった。

日本の住宅の14％が空き家と化しているらしい。その大半が維持管理や解体の費用、売却時の税金が足かせとなり放置されたままだという。

空き家は景観を損ない、不審火の原因にもなることから政府は、三千万円までの売却には所得税をかけないという策を打ち出した。それが空き家減税なのだ。

家というものは人が住まないと途端に老朽化する。まるでつれあいを亡くした老人が一気に老け込むようにだ。

急速に進む高齢化を象徴するかのように、空き家はもっと増えるだろう。

この家もいつかは空き家になる日が来る。そんなことを浴槽に浸かりながら憂えた。

狭いながらも明るい我が家のあるじとなって十年になる。仕事の疲れが少しでも癒えるように浴槽の広さを主張したのは妻だった。

こうやって足を伸ばし風呂に浸かれるのもあとわずかだ。

隆介はゆっくり鼻のあたりまで体を沈め、怒濤の数ヵ月を思った。

まさか離婚するとは……、まさか孫ができるとは……、想定しなかったことが二つも起きた。お湯の中で嘆息すると泡が上がった。

ゆらゆらと立ち上る湯気を見ているとすべてが夢のようにも思える。

風呂から上がるとパジャマと一緒にビニールに入ったままの新しい下着が用意してあった。さっきまで穿いていたパンツは——と見回すと洗濯籠にある。

どういう風のふきまわしなのか、と新品のパンツを穿く。サイズはピッタリだ、穿き心地も悪くはない。

「風呂場にあった下着ってなに？」とキッチンにいる妻に声をかける。

「穿いてみた？」とすぐ返答がきて「どれどれ」と隆介に近づき、いきなりパジャマのズボンを下ろした。

「なにすんだ」と脱がされたまま後ずさる。

「そのまんま、そのまんま」と妻は腕を組んで股間《こかん》を見つめた。

「うん。やっぱりいい。ねえ、穿き心地はどう？」

「いや……、悪くはないけど」

「締め付けられる感じはする？　通気性はどう？　軽いでしょ？」

「いっぺんに言われても……」と言いかけたが、すべてが快適だ。

「確かに、今までのパンツより穿きやすい。つーか、なんで」の言葉を妻は遮った。

「これ包帯パンツって言うの」

「えっ？」

「包帯で作ったパンツだから包帯パンツ」

「これ包帯なのか」

確かに伸縮具合といい、通気性の良さは包帯そのものだ。

穿き心地のいい感触が脳に届いたとき、隆介は腑に落ちた。

「もしかして」とパンツ姿で言うと「そう。これがわたしの新しい仕事」と威張った。

隆介は驚きのあまりのけぞると、ズボンのせいで足元がよろめいた。

「これが新しい仕事か？」とズボンを穿きながら聞く。

「そうだよ。これからは包帯パンツで食べてゆきます」と眉を上げて言った。

妻はあるとき閃いたのだという。この世で一番穿き心地のいいのは包帯でできたパンツなのではと。

「包帯って肌に優しいし、怪我を治すために通気性にも優れているし、しかも軽いからパンツには最適なの」妻は居ても立ってもいられなくなり包帯の製造メーカーを回った。

「包帯でパンツを作るにはどうしても倍の幅が必要なの。それには編み込みの技術がないとできんもんだから、何社も回ってさあ、やっとにゃあ作ってくれるところを見つけたんだ」妻はこれまでの経緯を活き活きと話した。余程、楽しいのか名古屋弁も混じっている。

「この色に染めるのも難しかったんだよ。大学の友人に染め物職人に嫁いだ子がいてね、相談したの。そうしたら面白いって言ってくれて」

それから妻は裁断するときのコツは生地を何枚も重ねることだとか、目が粗いから裁縫は手縫いであるとかをまるで専門家のように語った。

「軽くて、蒸れなくて、締め付けない。究極のパンツでしょ」

隆介は、母親が子どもの手に優しく包帯を巻く姿を思い浮かべ、

「これ、今日子がたった一人でやったのか?」

と聞く。

「いろんな人が協力してくれた。けど、たくさん頑張ったよ。偉いでしょ?」

「うん。偉い」

「やった。隆介に初めて褒められた」家族を支えること以外で初めて褒められたと妻は付け加えた。自信に満ちた瞳からは涙が流れていた。

「包帯パンツか。名前もいい」そう言いながら隆介も目頭が熱くなった。

「妻は包帯のような存在なのよ」

結婚の反対は離婚ではない。

もしかしたら、夫婦は離婚してからが一人前の夫婦なのかもしれない。

12　妻がいたから頑張れた

最終回の脚本の直しは、引っ越しの段ボール箱が積まれた書斎で書き終えた。

隆介は文書を保存して、関にメールを送った。三回目の放送でドラマは20％の大台にまで乗った。

次の放送回で夫は妻に離婚を切り出される。さぞかし視聴者はビックリするだろう、とほくそ笑む。

これが最後のコナコーヒーになるであろう一杯を飲みながら、パソコンを開き、『十年後の一郎とともえ』と打った。

書斎にキーボードを叩く音が響く。

あともう少しで完成というところで、ドンと何かぶつかる音がした。

振り向くと、開いたドアが段ボール箱に当たっている。隙間から息子がすり抜けるように入ってきた。

「そろそろ出掛けるよ」家族揃って飯でも行こうと、息子と娘が最後の晩餐ではなく午餐を計画した。

「わかった。お父さんも丁度、仕事が終わったところだ」

最近の我が家のニュースといえば、大学から一人暮らしを始めた息子がまた戻って来たことくらいだ。

「親父が出て行くとはね」そう言いながら段ボール箱からはみ出た筒を取り出した。

「もう仕舞ったんだから、勝手に出すんじゃないよ」

筒を開けると、息子と娘が父の日にくれた手書きの感謝状が出てきた。

「きったねぇ字」と笑う。

「それ、お前の字だろ」

お父さん、いつもありがとう。家族を代表して今日も明日も明後日も頑張ってください、とミミズの這ったような字で書いてある。

「しばらく家を空けるけど、お母さんとりえを頼んだぞ」

「うん。わかった。りえは出産までここにいるっていうし、まあ親父の代わりを頑張るよ」

「女二人は大変だぞ」

息子は笑いながら「そうだよな」と眉をひそめる。

「あのさ、離婚は二人で話し合ったことなんだよね。二人とも後悔してないんだよね」

息子はそう聞いてきた。隆介は椅子にかけた上着に袖を通しながら答えた。

「そうだ。これで仕事も恋愛も結婚も離婚も全部経験した。何か聞きたいことあったらいつでも言ってこい」

「なんだそれ」

「それが父親にできることだ」

「ねぇ、前から聞きたかったんだけどさ、家族旅行したとき、なんでいつも一番張り切ってたの？」

「そりゃ、たまの休みだからさ」

息子は段ボール箱の中身を覗きながら聞いていた。

「お父さんが子どもの頃さ、休みの日に親父が海に連れて行ってくれるって言って、前の晩から楽しみにしていたんだ。だけど親父は夜中まで仕事をしていて、起きたのは昼過ぎ。それから海に出掛けたんだけど、親父は砂浜で寝てるし、あっという間に日は沈むし、なんか悲しくなるばかりでさ。そんな思い出があるから、お前とりえと遊ぶときは思いっきり楽しもうって決めたんだ」

「だから、ホテルの朝食も朝一番から並んだんだ」

「そういうこと。お前も父親になったら家族ととことん遊べよ」

隆介は手を差し出した。その手に息子の手が重なった。

玄関の方から「もう、何してんの早く行くよ」と娘の声がした。

隆介は、家族水入らずの食事は丸山には頼まず、昔、みんなでよく行った日本橋の洋食レストランにした。

日曜の昼、家族四人で出掛けると、もう店は長蛇の列ができていた。

「ぐえっ！　だから、早く出掛けようって言ったのに」娘が家族にいちゃもんをつける。

「その言い方、お父さんそっくり。いいじゃん並べばさ」と妻が言う。

蛇の尻尾の辺りに野田家の四人が並ぶ。

妻は包帯パンツをネットで販売することが決まったとはしゃいでいる。

息子はまたバンドがオーディションに落ちたとため息まじりに言う。

この日は話が途切れそうになると、誰かが口を開いた。

「披露宴でしょ、出産でしょ、お父さん、またお金かかるね」と妻が娘のお腹をさすった。

「えっ、それも親が負担するのか？　離婚したっていうのに」

「離婚したって親は親でしょ」と妻がいかつく言う。

三十分程並んだあと席に着いた。

「今日こそは落ち着いて食べようね。わたし妊婦なんだから早食いできないんだからね」

「わかってるって」と隆介が軽く返事すると、「いやいやマジだからね」と凄まれた。こと食べ物のことになると野田家の女子は人格が変わる。

妻はもうメニューに食らいついている。

「お腹空いた、何にしようかな。オムライスとハンバーグは外せないとして」

「ラーメンも食べたい」と娘が言う。

家族での外食はみんなで分け合ってたくさん頼めるのがいい。

これから一人で食べるときに家族を誘ったら気軽に来てくれるだろうか。

そんなことを思いながらあーだこーだ言いあう愛する家族たちを見ていた。

隣の席では白髪《しらが》の婦人が一人でメニューを見ていた。

隆介は少し様子を窺う。迷っているような顔をしている。なんだか話しかけたくなってきた。

「今日はお父さんのわがまま聞いてくれ」と言い、隣の婦人に声をかけた。

「一人だと一品しか頼めませんよね。もしそれでお悩みでしたら、一緒に囲みませんか？」

婦人は見向きもせずメニューから目を離さなかった。

隆介がもう一度声をかけると「わたしに言ってくれたの？」とこちらを向いた。

「すみません。うちの夫は食いしん坊なもんで、たくさん注文したいんですよ。今日は夫にご馳走させますんで是非ご一緒しましょう。ねっ」

「なんなの、もう」そう言いながら腰を上げ「食が細いし、戦力になれるかしら」笑顔を見せた。

「大丈夫ですよ。小皿に少しずつ何種類も食べましょう」と言ったのは息子だった。

娘は自分の席を空け婦人を座らせ、メニューを開き食べたいものを尋ねた。

「それいいですね」と婦人の選定に相槌を打つ。

程よいところで妻が「すいませーん」と手を挙げメニューを指差しながら注文を始めた。

オムライスは卵がトロッとしたものではなく、錦糸卵《きんしたまご》のように薄い卵焼きで巻いたものを注文した。

スパゲティはナポリタン、ラーメンはメンマ多め、コロッケはカニクリーム、ちゃんと隆介の好みを心得ている。

息子が率先して取り皿に料理を小分けして婦人に手渡した。

誰が見ても三世代家族の和やかな光景に映っているだろう。こんな時間がいつまでも続けばいいなと思ったのは、オムライスの味付けが絶妙だったからだろうか。

みんなで大いに食べて大いに笑った。

最後の一口を引き受けたのは娘だった。ここのところ驚くような食欲だ。

「もうダメ、何も入らない」と娘がうっとりする声で言う。

椅子の背もたれができたのは、満腹の人が宙を見上げながら美味しかった余韻に浸る為だろう。

「こんなにたくさんいただいたのは久しぶりだわ。みなさんありがとう」と婦人が水を口に含んだ。

「注文された、サーモンフライ、美味しかったです」と妻はきれいに平らげた皿を運びやすいように一ヵ所に集めながら言った。

「それではわたしはそろそろと」と婦人は財布を取り出した。

どうしてもお金を払うと言ったが、妻は笑顔で断った。

「誘っていただいて、ありがとうございました。満腹って幸せなのね」と頭を下げた婦人は、「本当に素敵なご家族ね」と最後に告げ去っていった。

きっと婦人の心の中で、我々は一生、仲睦まじい家族であり続けるだろう。

「お父さんとお母さん、コーヒーを飲んでいこうかな。二人は？」と妻。

二人とも、かぶりを振って席を立つ。

「この味」妻がコーヒーを一口飲んで言い、「言わないで、当てるから」と隆介が口を開くのを遮った。

妻は二、三口飲んでから「モカだ」。

「そうだ。モカだ」と隆介も頷いた。

「モカってことは『六月のくじら』だね」

隆介はもう一度、頷いた。

「さてと、ぼちぼち行くか」

「そうだね」

「そうだ」

「どうした？」

「トイレの便座の裏、いつも俺が掃除していたから、今度からは今日子に任せたぞ」

「うん。わかった」

「それと」

「何？」

「書斎は、包帯パンツの倉庫にしていいよ」

「うん。ありがとう。そうだ」

「なんだ？」

妻は少し俯いた格好で言った。

「過去の偉人、今いる世界中の人、これから出会う未来の人……」

「ん？」

「その誰よりも隆介のことを尊敬してます」

「そっか」

会計を済ませ店を出た。妻がコートを着たのを見計らい、隆介は手を出した。

「今まで、おつかれさま」

「うん。ありがとう。お世話になりました」と妻は隆介の手を握った。

妻は小走りで少し行くと、くるりとこちらを向いて頭を下げた。

そして、人の波の中へとまぎれていった。

隆介は消えそうになる妻の背中に向かって呟いた。

「僕は妻がいたから頑張れた」

名前も顔も知らない者同士が、たまたますれ違わずに出会い、一緒に時を刻むようになる。そして、ゆっくりと離れて行くだけなのだ。

そりゃこんだけ一緒にいれば、たまたま食べたいものが同じ、たまたま笑う瞬間が同じ、たまたま腹の立つことが同じになる。

この先ずっと、人と人が作り出す愛おしい時間について、書いていこうと思った。

そういえば、元妻はコーヒーに砂糖を入れるんだっけ？　そんなことを考えながら、隆介は反対の方向へ歩き始めた。

13　十年後の一郎とともえ

隆介は、パソコンを立ち上げると、太字で『ファミリア〜十年後〜』と打った。

続編にあたる脚本には十年後と書かれ、一郎とともえは別居していた。

一郎はともえに二度目の離婚を切り出されたのだ。

一度目は、事業に失敗し自暴自棄に陥った一郎を叱咤しようと、わざとともえが言い出したものだったが、二度目は子どもたちが自立し、夫婦だけの生活が始まろうとしたときにともえから言い出したのだ。

家族が出て行った家はどこか老いてゆくスピードが速くなる気がする。

歩く度にきしむ床音を聞き、一郎はそんなことを思った。

ドラマの冒頭はそんなシーンから始まった。

空から撮影した映像で、一郎が暮らす村が映し出される。

まるで大地を縫い合わせる様に、田舎の単線を電車が走ってくる。

ゆっくりと。

空からの映像は、黄色の一帯に近づく。ひまわり畑だ。「いつもと変わらぬ、日常から小さな奇跡が起きる。人はそれを幸せと呼ぶ」とナレーションが入る。

——ともえの蒔いた種がひまわり畑となり太陽に向かって咲いている。

手入れしているのは一郎だった。

一郎は作業を終え家に戻る。

——車窓から見えるひまわり畑。

電車に揺られ景色を眺める女性。

——一郎は、朝食の支度をしていた。

——駅に一人の女性が降り立つ。

——家の窓から、遠くの方に人影が見える。ゆっくりと近づいてくる。

——次第に大きくなる人影。

――玄関の扉が開き、映る足元。

ともえが立っていた。

――一郎は二、三歩、歩み寄るが、立ち止まる。

しばし、見つめあう夫婦。

一郎「おかえりなさい」

それは、かつて一郎にともえがかけた一言だった。

ともえはとびきりの笑顔を見せ、

「床がキュッキュッて泣いてるね」

と言った。

本書は書下ろしです

|著者| 樋口卓治　1964年、北海道生まれ。放送作家として「笑っていいとも！」「Qさま‼」「お願い！ランキング」「中居正広の金曜日のスマたちへ」「ヨルタモリ」「久保みねヒャダこじらせナイト」「ここがポイント‼池上彰解説塾」「林修の今でしょ！講座」「関ジャニの仕分け∞」などを担当し、2012年、『ボクの妻と結婚してください。』で小説家デビュー。他の著作に『天国マイレージ』『もう一度、お父さんと呼んでくれ。』がある。

「ファミリーラブストーリー」
樋口卓治《ひぐちたくじ》

講談社文庫
定価はカバーに
表示してあります

2016年9月15日第1刷発行

発行者――鈴木　哲
発行所――株式会社　講談社
東京都文京区音羽2-12-21　〒112-8001
電話　出版（03）5395-3510
　　　販売（03）5395-5817
　　　業務（03）5395-3615
デザイン―菊地信義
本文データ制作―講談社デジタル製作
印刷―――慶昌堂印刷株式会社
製本―――株式会社国宝社
Printed in Japan

ISBN978-4-06-293480-0

講談社文庫刊行の辞

二十一世紀の到来を目睫に望みながら、われわれはいま、人類史上かつて例を見ない巨大な転換期をむかえようとしている。

世界も、日本も、激動の予兆に対する期待とおののきを内に蔵して、未知の時代に歩み入ろうとしている。このときにあたり、創業の人野間清治の「ナショナル・エデュケイター」への志を現代に甦らせようと意図して、われわれはここに古今の文芸作品はいうまでもなく、ひろく人文・社会・自然の諸科学から東西の名著を網羅する、新しい綜合文庫の発刊を決意した。

激動の転換期はまた断絶の時代である。われわれは戦後二十五年間の出版文化のありかたへの深い反省をこめて、この断絶の時代にあえて人間的な持続を求めようとする。いたずらに浮薄な商業主義のあだ花を追い求めることなく、長期にわたって良書に生命をあたえようとつとめるところにしか、今後の出版文化の真の繁栄はあり得ないと信じるからである。

同時にわれわれはこの綜合文庫の刊行を通じて、人文・社会・自然の諸科学が、結局人間の学にほかならないことを立証しようと願っている。かつて知識とは、「汝自身を知る」ことにつきていた。現代社会の瑣末な情報の氾濫のなかから、力強い知識の源泉を掘り起し、技術文明のただなかに、生きた人間の姿を復活させること。それこそわれわれの切なる希求である。

われわれは権威に盲従せず、俗流に媚びることなく、渾然一体となって日本の「草の根」をかたちづくる若く新しい世代の人々に、心をこめてこの新しい綜合文庫をおくり届けたい。それは知識の泉であるとともに感受性のふるさとであり、もっとも有機的に組織され、社会に開かれた万人のための大学をめざしている。大方の支援と協力を衷心より切望してやまない。

一九七一年七月

野間省一